COUP DE FOUDRE AUX CARAIBES

BENEDICTE WATSON

COUP DE FOUDRE AUX CARAIBES

PRESSES DE LA CITÉ

ISBN 2-258-00528-6

1

Il y avait dehors un pâle soleil d'hiver et, sur les bords de la piste, la neige s'amoncelait. Elle était tombée dans la nuit et les employés de l'aéroport avaient eu beaucoup de mal à la balayer. Décembre était particulièrement rude cette année et l'autocar qui transportait l'équipage d'Air France avait rencontré des difficultés pour atteindre Roissy en France-Charles de Gaulle en raison de la mince couche de verglas qui recouvrait l'autoroute.

Le gros Boeing 747 bleu et blanc s'engagea sur la bretelle de dégagement et patienta quelques secondes, afin de laisser à un DC-10 de l'U.T.A. le temps de décoller. Puis ce fut à son tour de se présenter. Il pénétra sur la piste et, après avoir effectué un tour sur lui-même, se tint prêt à partir.

Dans la cabine, Claire jeta encore un regard par le hublot et attacha soigneusement sa ceinture. La tour de contrôle donna le « top » et le vrombissement des quatre puissants réacteurs s'enfla et devint plus perceptible. Puis ce fut la course qui alla en s'accélérant sur le bitume. Majestueusement, l'appareil s'éleva dans les airs et pénétra dans une légère couche nuageuse qui s'effilochait au-dessus de l'aéroport. Au bout du voyage, il y avait Pointe-à-Pitre. Une étape fort recherchée à cette époque de l'année. Un paradis où le ciel se confond avec la mer et où il fait doux vivre.

Elle adressa un sourire réconfortant à une passagère qui était assise en face d'elle et qui ne semblait guère rassurée par le voyage en avion. Puis elle se leva, rajusta son uniforme et se dirigea à nouveau vers le micro. Mince et élégante silhouette suivie par tous les regards masculins, mais Claire ne s'en soucia guère. Depuis deux ans qu'elle était hôtesse de l'air, elle s'était habituée à ce genre d'hommages.

— Le commandant Arnaud Degrave et son équipage vous souhaitent la bienvenue à bord du Boeing 747 Ile-de-France. Nous volerons à une vitesse de 900 kilomètres à l'heure et à une altitude de 12 000 mètres. Notre arrivée à Pointe-à-Pitre est prévue à seize heures, heure locale.

Après avoir répété son message en anglais, elle posa le micro et prit le chemin de la cabine de pilotage. Elle connaissait la plupart des membres de l'équipage mais c'était la première fois qu'elle rencontrait Arnaud Degrave. Et tout à l'heure, avant de monter dans l'avion et de s'installer dans le poste, il lui avait dit d'un ton impératif en la regardant à peine :

— Quand nous aurons décollé, vous viendrez me voir, Mademoiselle. J'aurai des consignes à vous donner.

Lucette, la petite hôtesse brune qu'elle avait connue quand elles étaient ensemble sur le secteur Caravelle, lui avait soufflé :

— Pas commode le patron!

De fait, Claire avait eu un geste de surprise en écoutant l'ordre sec que lui jetait le commandant de bord et, en se dirigeant vers la cabine, elle était intriguée. Que voulait-il donc lui dire? Des bruits couraient au sein de la compagnie sur Degrave. Dans le petit monde des personnels navigants, le commandant de bord semblait avoir une réputation bien assise. Celle d'être un excellent pilote, mais de manquer d'indulgence envers ceux qui travaillaient avec lui. On ajoutait qu'il avait un charme ravageur et, qu'aux escales, il n'hésitait pas à faire la cour aux hôtesses, une fois le service terminé. On disait enfin qu'une fois obtenu ce qu'il désirait, il n'hésitait pas à se conduire comme un mufle. Mais Claire ne craignait pas d'affronter Arnaud Degrave. L'idée même d'un flirt lui était insupportable car le souvenir de Bertrand lui faisait encore mal.

Bertrand!

— Je ne peux pas t'épouser, avait-il dit.

Ils étaient tous deux assis dans une ravissante auberge à Versailles, l'un en face de l'autre. Une de ces auberges tranquilles où le tête-à-tête prend des allures de conspiration et qui permet les confidences, les chuchotements. A présent, ils en étaient au dessert.

— Je t'emmène dîner en dehors de Paris, lui avait-il dit lorsqu'il était venu la chercher. Elle avait applaudi des deux mains et avait mis un bonnet sur ses cheveux bruns pour éviter d'être trop décoiffée en décapotable. Ils étaient montés dans la Ferrari et s'étaient dirigés vers l'autoroute de l'ouest. L'air était doux en ce mois de septembre et elle riait. Tout était bonheur, le vent, la lumière, le ronronnement de la puissante voiture et ce grand garçon qu'elle aimait d'un amour fou.

Elle avait rencontré Bertrand un mois plus tôt au Cap d'Antibes où elle passait quelques jours de vacances et il lui avait plu tout de suite. Sa nonchalance, son côté un peu enfant, sa gentillesse l'avaient attirée tout de suite et ce n'est que quelques jours plus tard qu'elle avait appris que Bertrand de Larjac était l'héritier d'une grande famille, lorsqu'il l'avait invitée à une soirée dans la maison que ses parents possédaient au-dessus de Juan-les-Pins. Maison luxueuse située dans un grand parc et au moment de franchir le seuil de la porte devant laquelle l'attendait un maître d'hôtel et de se fondre dans la foule élégante des invités, elle avait eu un moment de recul. Mais fière de ses vingt ans, de ses yeux verts, de sa taille fine et élancée, de sa jolie robe qui s'harmonisait parfaitement à son teint bronzé, elle s'était avancée pour être accueillie par un Bertrand souriant, très beau dans son smoking blanc.

— Tu es la plus belle, lui avait-il dit doucement à l'oreille avant de la guider vers la terrasse pour danser. Tu vas être la reine de la soirée. D'ailleurs, regarde les autres, elles en sont pâles de jalousie.

Mais Claire n'avait eu d'yeux que pour son cavalier. Elle n'avait dansé qu'avec lui et un léger incident avait éclaté lorsqu'une jeune fille, que connaissait Bertrand, l'avait tiré par le bras en lui demandant avec une certaine brusquerie :

— Tu ne me fais pas danser? C'est à mon tour.

— Je regrette, Ghislaine, mais j'ai promis ce slow. Je te verrai tout à l'heure.

Ghislaine avait jeté un mauvais regard à Claire et cette dernière avait été quelque peu désarçonnée. Mais cette légère contrariété n'avait guère duré. Bertrand l'emmenait à nouveau sur la piste et elle oubliait le reste. La soirée était belle, très belle.

Dans les jours qui suivirent, la camaraderie qui s'était créée entre les deux jeunes gens avait bien vite pris un tour plus tendre. Ils ne se quittaient presque plus tant ils éprouvaient du plaisir à être ensemble. Tous les matins, il venait la chercher. Il l'avait initiée au ski nautique et elle raffolait de ce sport pour lequel elle montrait de réelles dispositions. Très vite, elle avait appris à pratiquer le mono et elle faisait de grands gestes à Bertrand qui pilotait le hors-bord pour qu'il aille plus vite, toujours plus vite. Il l'emmenait ensuite déjeuner dans un petit restaurant où ils dévoraient des petits rougets de la Méditerranée farcis de crème d'anchois et dans l'après-midi, ils parcouraient l'arrière-pays. Vallauris, Biot, Mougins, Saint-Paul-de-Vence. Tout était lumière et beauté. Le soir, ils descendaient parfois vers Juan-les-Pins. Après s'être promenés le long de la plage, ils allaient boire un verre dans une boîte et danser.

Il avait entrepris de lui apprendre à conduire la Ferrari.

— Tu as envie d'essayer, lui demanda-t-il un jour?

Elle acquiesca, les yeux brillants de plaisir. Il arrêta la voiture sur le bas-côté, descendit et lui laissa la place après avoir rapproché le siège.

— Méfie-toi en appuyant sur l'accélérateur, conseilla-t-il en souriant. Elle a une puissance de 260 chevaux.

Elle passa la première avec précaution mais sa pression sur la pédale fut un peu lourde. La voiture fit un bond en avant et il eut juste le temps de lui crier :

— Freine vite.

Un peu affolée, elle réussit cependant à immobiliser la voiture. Après cette alerte, elle redoubla d'attention et parvint à apprivoiser le monstre qui ne souhaitait qu'une chose, dévorer les kilomètres. Assez vite, elle arriva à maîtriser la puissante voiture et c'est elle, désormais, qui prenait le volant.

Claire était heureuse, profondément heureuse. Son cavalier se montrait tendre et prévenant. Amoureux aussi, très amoureux et la jeune fille n'avait pas tardé à partager les sentiments de Bertrand. Tous deux formaient un couple parfait que les habitants du Cap d'Antibes regardaient avec amusement et indulgence.

Mais quelques jours plus tard, Claire avait dû avec regret rentrer à Paris pour assurer un courrier et il l'avait bien entendu accompagnée à l'aéroport de Nice-Côte d'Azur.

Avant de la laisser monter dans le Boeing 727, il l'avait prise dans ses bras.

— Je t'aime, avait-il murmuré.

Pour toute réponse, elle l'avait laissé poser ses lèvres sur les siennes. Pendant le court voyage qui la ramenait vers la capitale, elle s'était souvenu de ces quelques jours de bonheur. Des images se bousculaient comme un kaléidoscope. Les promenades au bord de la mer, les courses folles en voiture, les mèches blondes de Bertrand. Et ce sentiment de bien-être qu'elle éprouvait en sa

compagnie. Bertrand lui manquait déjà terriblement et en s'envolant le lendemain pour New York, elle eut hâte que ce voyage se termine afin de le retrouver au plus vite.

Mais il avait dû rester sur la Côte d'Azur deux semaines de plus avant de regagner Paris à son tour. Il lui avait écrit de jolies lettres qu'elle lisait et relisait sans cesse et puis ils s'étaient revus. Bertrand était de plus en plus tendre et dès qu'il l'avait quittée, il lui faisait parvenir de petits billets drôles et amoureux pour annoncer sa venue.

Un jour, elle lut enfin ce qu'elle avait envie de lire depuis longtemps.

« Mon amour, écrivait-il, l'idée de te voir dans quelques heures me remplit de bonheur. J'ai longuement réfléchi à nous deux. Je ne peux plus vivre séparé de toi et je te demande de devenir ma femme. »

Ses yeux se brouillaient et elle s'assit pour relire calmement le petit message. C'était bien cela, Bertrand lui demandait de l'épouser. Folle de joie, elle se précipita sur le téléphone et appela Majou dans le Gard. Majou, c'était sa mère. Au bout du fil, cette dernière s'était tout d'abord inquiétée de la surexcitation de sa fille.

— Qu'as-tu ma petite? Qu'est-ce qui ne va pas? Ne me fais pas languir.

— Majou, je suis heureuse, terriblement heureuse. Bertrand m'a demandé...

— De quel Bertrand parles-tu? Que se passe-t-il?

La voix était inquiète.

— Mais non, Majou, ne t'en fais pas. C'est fantastique ce qui m'arrive. J'aime et je suis aimée.

Bertrand est un garçon merveilleux. Il m'a demandé de l'épouser.

L'émotion gagnait Majou à Bagnols-sur-Cèze.

— Mais Claire, tout cela est si soudain... Laisse-moi le temps de me remettre, de bien comprendre. Tu ne m'avais rien dit auparavant et je suis tellement surprise. Mais qui est ce Bertrand? Il est de bonne famille au moins?

Claire fut prise d'un fou rire dans l'appareil. Quand sa mère saurait que la famille de Bertrand de Larjac passait pour être l'une des plus riches de France, que son père qui présidait plusieurs sociétés était l'un des patrons les plus en vue du pays... Mais elle jugea qu'il était préférable d'expliquer tout cela à Majou de vive voix pour ne pas l'affoler et elle se contenta de la rassurer tant bien que mal.

— Oui Majou, ne te fais pas de soucis. Tu seras fière de Bertrand quand tu sauras tout. J'espère que nous pourrons bientôt descendre à Bagnols et je pourrai te le présenter. Tu verras, il te plaira beaucoup.

Cela, c'était il y a trois jours. Et Bertrand, ce soir-là, avait décidé de l'emmener dîner près de Paris.

La circulation était fluide et ils atteignirent rapidement l'embranchement de Versailles. Claire jeta un regard à son compagnon et elle fut surprise de voir que le visage de Bertrand s'était assombri, que la joie de tout à l'heure avait disparu. S'apercevant qu'elle le contemplait à la dérobée, son visage se détendit à nouveau dans un sourire et il hurla dans le vent :

— Tu as faim?

Elle acquiesça de la tête, s'abandonnant à son bonheur. L'auberge de la Claire Fontaine était là, accueillante. Peu de dîneurs en ce jour de semaine et Louis, le patron, les avait installés dans un recoin pour qu'ils fussent tranquilles. Il leur avait servi un excellent melon puis ils avaient dégusté un turbot sauce hollandaise. Le champagne rosé mettait le feu aux joues de Claire et tout à son bonheur, elle ne se rendit pas compte que celui qu'elle appelait déjà son fiancé dans le secret de son cœur devenait taciturne.

— Je ne peux pas t'épouser.

Il avait lâché la phrase terrible d'une façon sèche, sans ménagement, comme pour se débarrasser au plus vite d'un énorme fardeau.

Elle resta interdite, la cuiller plantée dans le sorbet au citron que Louis venait de lui servir. Son visage devint livide.

— Je ne comprends pas, Bertrand, explique-toi, dit-elle dans un souffle.

— Je ne peux pas t'épouser, cria-t-il, presque avec un sanglot dans la voix.

Non loin de là, à une autre table, des clients levèrent la tête, surpris par cet éclat. Ils virent une belle jeune fille immobile, comme frappée par la foudre. Les grands yeux verts étonnés fixaient son vis-à-vis sans le voir. Elle fut prise d'un tremblement et des larmes coulèrent sur ses joues. En face d'elle, Bertrand se maîtrisait difficilement.

— Que se passe-t-il Bertrand? parvint-elle à murmurer. Que se passe-t-il, explique-toi vite. Tu me fais marcher. Ce n'est pas possible.

Il tenta de lui prendre la main, mais elle la retira aussitôt. Elle resta un moment silencieuse, comme prostrée, puis reprit lentement le contrôle d'elle-même. Et c'est de façon impersonnelle, presque froidement, qu'elle répéta pour la troisième fois en regardant son compagnon droit dans les yeux.

— Que se passe-t-il?

Il alluma une cigarette pour cacher sa nervosité et il hésita à répondre. Puis il lança, du ton de celui qui se jette à l'eau :

— Mes parents ne veulent pas que je me marie. Ils me trouvent trop jeune.

— Trop jeune? A 23 ans? Non, ce n'est pas cela, tu me caches quelque chose. Aie au moins le courage de me dire la vérité.

Mais comme il restait silencieux :

— Tu me mens, Bertrand. Il y a sûrement une autre raison. Et je la devine. Puisque tu te tais, moi je vais te dire ce qui s'est passé. Mais oui, bien sûr, tes parents ne veulent pas de notre mariage, ils ne veulent pas que tu épouses Claire Ambré, c'est évident. Parce que je suis d'origine modeste et que je n'ai pas de fortune. N'est-ce pas Bertrand que c'est la vraie raison? Allez, dis-le...

Bertrand se souvenait de la scène, dans le bureau de son père, la veille. Hors d'elle, sa mère allait et venait en le sermonnant.

— Je t'interdis, tu entends bien Bertrand, je t'interdis de revoir cette fille. Jure-moi que tu m'obéiras et que tu ne la reverras jamais.

— Mais maman, tu ne la connais même pas...

— Et je ne veux surtout pas la connaître. Comment as-tu pu croire que toi, Bertrand de Larjac, tu allais pouvoir n'en faire qu'à ta tête et commettre ce genre de mésalliance? Mon petit Bertrand, oublies-tu qui tu es? Oublies-tu que tu as des devoirs envers nous, envers ta famille? Penses-tu que nous t'avons élevé, que nous t'avons fait suivre les meilleures études pour qu'en définitive, tu décides d'épouser une fille de rien, venue d'on ne sait où, et de former un petit ménage minable alors que l'avenir t'appartient? Tu as tout pour toi. Tu es séduisant, tu as de l'argent et tu es loin de laisser indifférent. Crois-tu un seul instant que je vais te laisser faire?

— Mais Maman, je l'aime...

— Tu l'aimes, tu l'aimes... Je m'en moque, figure-toi. L'important dans la vie, ce n'est pas de céder aux passions d'un jour et de se laisser aller à épouser une intrigante. C'est de bâtir son existence, son avenir. Et ton avenir est de remplacer un jour ton père à la tête des affaires familiales et d'épouser une jeune fille de ton rang, de ton milieu. Une jeune fille qui ne te fasse pas rougir plus tard.

Elle était allée trop loin et il eut un geste de protestation.

— Claire n'est pas une intrigante...

Elle ricana et regarda son fils avec commisération.

— C'est toi qui le dis, mon pauvre Bertrand, et tu n'es qu'un sot. Car, vois-tu, je me mets à sa place, à cette petite. Elle rencontre en vacances un beau garçon qui lui plaît et qui de surcroît a de la fortune. Que fait-elle? Elle essaye bien entendu de se faire épouser par tous les moyens. C'est l'évidence même. Je ne le lui reproche pas puisque je te le répète, je la comprends. Mais moi, je t'interdis de faire cette sottise.

Du regard, Bertrand chercha de l'aide auprès de son père mais ce dernier conservait le regard fixe, comme absent. Il y avait longtemps, de toute manière, que ce chevalier d'industrie, cet homme dont les employés respectaient l'autorité naturelle, qui réussissait parfaitement dans les affaires, avait capitulé devant sa femme.

Il tenta tout de même d'intervenir.

— Ma chère Béatrice...

Elle se tourna vivement vers lui :

— André, je t'en prie, surtout ne t'en mêle pas. Ceci est mon affaire et je connais trop ta faiblesse envers Bertrand. Laisse-moi m'en occuper. Puis, regardant son fils :

— Amuse-toi, sors, flirte avec toutes les filles que tu veux. Mais surtout, ne va pas plus loin. Il n'est pas question de te marier sans mon accord. Ou alors...

— Ou alors...? jeta-t-il avec force dans un mouvement de révolte.

— Ou alors, dit-elle fermement, tu seras déshérité et tu quitteras la maison sur-le-champ. Nous n'accepterons jamais, ton père et moi, d'être déçus par notre fils unique. Je préfère te perdre.

Elle partit en claquant la porte et les deux hommes restèrent face à face. Puis son père prit la parole avec douceur :

— Fais ce que dit ta mère et ne lui en veux pas. Elle est emportée, mais elle a raison, renonce à ton projet. Au fond, elle ne veut que ton bien et il est certain que plus tard, si tu commettais une mésalliance, tu serais gêné dans la réussite de tes affaires. Autour de nous, on nous guette et on ne peut pas se permettre le moindre faux pas. Dans la famille, on n'a pas le droit d'échouer, nous sommes condamnés à réussir. Aussi, si cette jeune fille... mais au fait, comment s'appelle-t-elle?

— Claire.

— Eh bien, si Claire est aussi charmante que tu l'affirmes, dis-lui le plus vite possible que tu as l'intention de rompre. Il ne faut pas que tu la fasses souffrir plus longtemps.

— Mais, père...

— Non, Bertrand, obéis. Je t'assure que tu nous remercieras plus tard.

Oui, Bertrand se souvenait parfaitement de la scène. Il en avait gardé un certain écœurement et, toute la nuit, retiré dans sa chambre, il avait longuement hésité. Fallait-il se soumettre ou, au contraire, décider de rompre les ponts et de partir? Devait-il sacrifier l'amour qu'il éprouvait pour Claire afin de préserver son avenir ou bien, aurait-il le courage de passer outre le refus de ses parents et d'épouser la jeune fille aux yeux verts qu'il avait rencontrée un jour d'été au Cap d'Antibes? Quitte à en subir plus tard les conséquences.

En définitive, la crainte de perdre tout un univers dans lequel il avait été élevé, auquel il avait été habitué depuis sa plus tendre enfance avait été le plus fort. La mort dans l'âme, il s'était résigné à obéir.

Mais dans la petite auberge de Versailles, devant Claire qui le regardait froidement, avec presque du mépris, il se sentait honteux, mal à l'aise et il eut envie de reculer. Difficilement, il parvint à prononcer :

— Tu as raison, Claire, c'est exactement ce qui s'est passé. Hier ma mère m'a fait une scène terrible. Elle a d'autres projets pour moi.

— Et tu t'inclines?

Il eut un geste fataliste. Alors le buste de la jeune fille s'affaissa et ses épaules furent secouées par de gros sanglots qu'elle ne cherchait pas à retenir. La déception était trop forte. Depuis quelques jours, elle s'était faite à l'idée de la nouvelle vie qui l'attendait mais surtout, elle en voulait à Bertrand d'avoir cédé aussi facilement à ses parents.

Inquiet, Louis, le patron, fit le geste de se rapprocher pour voir ce qui se passait mais il n'en eut pas le temps. Claire s'était levée soudainement et commandait à Bertrand :

— Raccompagne-moi.

Il régla précipitamment l'addition et voulut lui prendre le bras pour l'accompagner vers la sortie du restaurant mais elle refusa d'un geste brusque. Dehors, l'air avait subitement fraîchi et il entreprit de remettre la capote de la Ferrari. Assise à sa place, elle attendait sans dire un mot. Et puis soudain, alors qu'il s'installait à son tour dans la voiture et qu'il mettait le moteur en marche, elle lui dit :

— J'ai oublié mon bonnet dans le restaurant. Peux-tu aller le chercher?

Il rouvrit sa portière et pénétra à nouveau dans l'auberge. Lorsqu'il revint après quelques minutes, la voiture était toujours là mais Claire avait disparu. Il crut un instant qu'elle avait voulu faire quelques pas et il se mit à la chercher dans les rues avoisinantes mais en vain. Elle avait dû prendre un taxi et rentrer chez elle.

Il avait perdu une bonne vingtaine de minutes lorsqu'il regagna la Ferrari. Il mit le contact et démarra en trombe. Lorsque, retardé par un embouteillage, il parvint enfin chez Claire, rue de

Vaugirard, il constata que la fenêtre de son petit appartement était éclairée.

Il grimpa les trois étages quatre à quatre et tambourina à sa porte. Ce n'est qu'au bout de plusieurs minutes qu'il perçut une réponse.

— Laisse-moi Bertrand. Je t'en supplie, laisse-moi. J'ai besoin d'être seule.

— Mais Claire, je veux te voir, il faut absolument que je te parle. Nous ne pouvons pas nous quitter de cette manière. Claire, je t'en prie, ouvre cette porte, j'ai des choses à te dire.

— C'est inutile Bertrand. Il n'y a plus rien à ajouter. J'ai très bien compris que nous n'étions pas du même monde. Pars, pars vite. Tu te compromets en ma compagnie. Je veux que tu me laisses seule.

Mais comme il continuait à frapper à sa porte, elle l'ouvrit de peur qu'il n'alerte les voisins. Seule une petite lampe éclairait le living qu'elle avait décoré avec beaucoup de goût. Dans la pénombre, il la distingua, sa fière silhouette droite, une main appuyée sur la table de chevet sur laquelle était posée une photo de vacances qui les représentait tous les deux à Juan-les-Pins.

— Claire, dit-il maladroitement, je veux te demander pardon.

— C'est inutile, répondit-elle.

— Claire, laisse-moi t'expliquer.

Elle avait retrouvé ses esprits. Avec fermeté, mais sans colère, elle déclara alors :

— Puisqu'il en est ainsi Bertrand, puisque tu insistes, assieds-toi. Je vais te raconter une histoire, mon histoire et ce récit t'apportera la preuve que ta mère, bien entendu, a raison de t'interdire de m'épouser. Effectivement, les Ambré ne sont pas, ne peuvent pas être des gens fréquentables pour les Larjac.

Il voulut la couper mais elle l'arrêta d'un geste impérieux. Puis elle entreprit son récit.

— Cela se passe à Bagnols-sur-Cèze, une jolie petite ville du Gard que tu ne connais sûrement pas et que je vais tenter de te décrire. Quand on y arrive par la route de Pont-Saint-Esprit ou par celle de Nîmes, on bute sur des immeubles modernes. Mais derrière cette muraille, soigneusement caché, intact, il y a toujours le cœur de la vieille cité, avec ses jolies petites places pavées et ses rues tranquilles au sommet desquelles les pentes de toits se touchent presque.

Ses yeux brillaient en évoquant son enfance.

— Le Gard, vois-tu, c'est la rencontre de la Provence et des Cévennes. Une campagne qui sent le thym et où il fait bon s'enfoncer dans les garrigues. Il y a une rivière qui passe, la Cèze. L'été, elle est sage et l'on s'y baigne. L'hiver, elle se gonfle avec les pluies et déborde parfois dans les villages environnants.

Ma mère était institutrice et elle avait été nommée à l'école maternelle de Bagnols. C'était son premier poste. Pour la Bretonne qu'elle était, c'était la découverte d'un monde nouveau, à la fois bon enfant, plein de gentillesse. Mais dur aussi. Elle eut beaucoup de mal à s'adapter, à faire des connaissances. Bien sûr, on ne manquait pas de venir consulter l'institutrice mais il ne serait jamais venu à l'idée de ces mères d'inviter une étrangère, d'avoir un geste d'amitié qui lui aurait fait pourtant beaucoup de bien. Elle souffrait beaucoup de cette indifférence et certains soirs, une fois son travail terminé, elle se mettait à rêver à la Bretagne. Des images se bousculaient dans sa tête, celles des longues plages de la Trinité-sur-Mer où elle venait jouer avec ses amies de classe, de la mer toujours changeante, de cet air qui vient du large et qui purifie tout.

Claire s'arrêta un instant, comme pour reprendre ses forces, puis elle reprit :

— Un soir, dans le petit hôtel où elle avait trouvé refuge, elle fit la connaissance de son voisin de chambre. Xavier Ambré venait également d'arriver à Bagnols-sur-Cèze et il travaillait chez Citroën. Ils prirent l'habitude de s'asseoir à la même table pour le dîner, et quelques semaines plus tard, ils se mariaient et s'installaient dans un vieux quartier de Bagnols. La vie était difficile, ni l'un ni l'autre ne gagnaient beaucoup d'argent, mais ils étaient très heureux et ma mère, en définitive, s'était parfaitement habituée au pays. Le dimanche, en été, ils allaient parfois au bord de la mer, à Palavas. Des amis à eux y possédaient une petite maison. L'hiver, ils allaient faire de longues promenades dans la campagne toute proche. Mais je n'ai jamais connu mon père, dit-elle doucement. Il est mort dans un accident de la route, la veille de ma naissance.

Claire parut brisée. Bertrand comprit à quel point l'absence de son père qu'elle adorait sans l'avoir jamais connu, lui avait pesé à chaque minute de sa vie. Mais Claire était décidée à aller jusqu'au bout.

— Ma mère, reprit-elle, pensa un instant quitter Bagnols-sur-Cèze, changer de vie, retourner à la

Trinité-sur-Mer où il lui restait de la famille. Mais elle estima en définitive que ce serait une trahison. Beaucoup trop de souvenirs l'attachaient désormais à ce pays. Elle reprit donc avec courage son métier d'institutrice qu'elle avait abandonné au moment de ma naissance et aujourd'hui, vingt ans plus tard, elle enseigne toujours dans les petites classes du collège de Bagnols.

Claire à présent s'était ressaisie et elle regardait Bertrand droit dans les yeux.

— Si je t'ai raconté cette histoire, une histoire sans importance, n'est-il pas vrai, c'est pour que tu comprennes bien que la fille d'une institutrice et d'un vendeur de voitures ne peut effectivement espérer un instant épouser un Larjac. Ta mère t'a montré le chemin de la sagesse, ironisa-t-elle, et je te conseille vivement de le suivre.

— Mais moi je m'en moque, cria-t-il, c'est toi que j'aime.

Elle l'apaisa d'un geste.

— Tu le crois, Bertrand, mais lorsque tes parents t'ont ordonné de rompre, tu as décidé de leur obéir. Je pensais que tu avais du caractère mais je m'étais trompée. Il est heureux finalement que je me sois aperçue à temps qu'il n'en était rien. Va, retourne parmi les tiens. C'est là ton destin. Nos routes se sont croisées, elles ne se rejoindront plus jamais.

Elle ajouta, soudain très lasse :

— Maintenant, laisse-moi, Bertrand, n'essaie plus de me joindre, de me voir, ce serait inutile. Nous n'avons plus rien à nous dire.

Elle posa son front sur la fenêtre et il comprit qu'elle n'ouvrirait plus la bouche et qu'il lui fallait à présent partir. Il se dirigea vers la porte, l'ouvrit et se glissa discrètement sur le palier. Lorsqu'elle n'entendit plus le bruit de ses pas, elle se remit à sangloter pendant de longues minutes. Puis elle se précipita vers le téléphone et forma un numéro à Bagnols-sur-Cèze.

— Allô? Majou?

— Oui.

— Majou, viens, j'ai mal...

2

Une légère secousse due sans doute à un appel d'air faillit lui faire perdre l'équilibre pendant qu'elle ouvrait la porte du poste de pilotage. Elle fit un sourire à Michel, le mécanicien, avec lequel elle avait déjà fait plusieurs voyages et son regard se porta sur la gauche, vers le grand garçon brun qui avait ôté sa veste pour être plus à l'aise et qui surveillait les cadrans tout en continuant de dialoguer avec le centre de contrôle régional.

Arnaud Degrave. Des cheveux noirs, légèrement grisonnants sur les tempes, un front haut, une mâchoire volontaire, un regard un peu méprisant. C'est vrai qu'il avait un charme viril qui ne devait pas laisser indifférent. Mais elle se moquait de plaire ou non au commandant de bord, c'était même le cadet de ses soucis. Il lui avait enjoint de venir le voir après le décollage, eh bien, elle était là, prête à écouter ces fameuses consignes qu'il entendait lui donner.

Il se leva, fit un geste au copilote pour lui faire comprendre qu'il s'absentait et entraînant Claire, la conduisit dans le petit salon des premières classes du Boeing 747.

— Vous vous appelez Claire Ambré, n'est-ce pas?

La voix était grave, avec un soupçon de froideur.

— J'ai vu votre dossier, Mademoiselle, il me paraît satisfaisant. Aussi, j'espère que vous allez bien comprendre ce que je vais vous dire. Ces dernières semaines, des passagers se sont plaints d'un certain relâchement sur les vols en direction de Pointe-à-Pitre. Vous êtes placée sous ma responsabilité et j'entends que ce vol se déroule sans histoires. Compris?

— Compris, dit-elle, ravalant sa fureur.

— C'est vous qui avez la charge des premières. Je compte donc sur vous.

Elle se rebiffa :

— J'ai pour habitude de bien faire mon travail. A ma connaissance, personne ne s'est jamais plaint.

Il comprit qu'il était allé un peu trop loin. Son ton se radoucit :

— Parfait, Mademoiselle. Vous nous apporterez les plateaux de déjeuner à midi. A tout à l'heure.

Il la quitta et pénétra dans le poste de pilotage. A la fois abasourdie et furieuse, Claire eut du mal à reprendre ses esprits. Elle réussit enfin à arborer un sourire professionnel avant de redescendre le petit escalier qui conduisait à la cabine des premières. En chemin, elle croisa Lucette.

— Alors, lui demanda cette dernière, tu es allée voir le boss?

Claire fit un signe affirmatif.

— Je n'ai jamais rencontré d'homme aussi désagréable, dit-elle à son amie. Il m'a mise en garde sur la qualité du service. Je ne sais pour quelles raisons. Je me demande encore ce qui lui a pris.

— Je t'avais prévenue, répondit Lucette. Pendant les heures de travail, il est service-service. Je me souviens qu'un jour il a fait des réflexions désagréables à un steward devant des passagers parce qu'en servant le dîner, il s'était fait une tache sur sa veste.

Les deux jeunes filles étaient dans la mini-cuisine et Claire parcourut la liste des passagers de première classe.

Soudain, elle poussa un cri.

— Qu'y a-t-il? demanda Lucette.

Claire ne répondit pas tout de suite. Devant ses yeux dansaient les noms des occupants des places C et D. Béatrice et André de Larjac. Les parents de Bertrand! Terrible coïncidence qui la mettait en présence de ceux qui avaient volontairement brisé son bonheur. Elle se sentit défaillir. Allait-elle avoir le courage de les affronter? L'envie lui prit d'aller leur dire ce qu'elle pensait de leur attitude et puis, elle se souvint des recommandations d'Arnaud Degrave.

— Je ne veux pas d'histoires, avait-il dit.

Machinalement, elle aida Lucette à préparer les plateaux de l'équipage et les deux jeunes filles entreprirent de les porter dans le poste. Arnaud la remercia à peine. Le copilote en revanche, fit un brin de conversation aux deux hôtesses qui durent bien vite aller s'occuper des passagers. Cette fois, Claire avait pris sa décision. Elle se tourna vers Lucette :

— Laisse-moi m'occuper des rangées de droite, tu veux bien?

Lucette parut surprise par le ton de son amie. Puis elle eut un geste fataliste :

— Bien sûr, si tu y tiens.

L'avion avait atteint son altitude de croisière. Détendus, les passagers commençaient à somnoler pendant que les hôtesses s'affairaient pour le déjeuner. Claire prépara soigneusement les plateaux des Larjac et s'armant de courage, elle se dirigea vers les sièges C et D. André de Larjac tentait de lire une revue économique pendant que sa femme discourait avec une voisine.

Claire prit son temps pour préparer les plateaux afin de pouvoir les examiner à son aise. Béatrice de Larjac était grande. Elle avait le visage dur et les artifices du maquillage parvenaient difficilement à masquer ses rides. Le regard impérieux était difficilement soutenable tant il était investigateur. A ses côtés, André de Larjac paraissait résigné et Claire éprouva à son égard un bref sentiment de compassion.

Béatrice de Larjac avait remarqué l'intérêt qu'elle semblait provoquer chez la jeune hôtesse et sa bouche se crispa :

— Pourquoi me dévisagez-vous, Mademoiselle? demanda-t-elle sèchement.

Interdite, Claire ne put que balbutier :

— Mais absolument pas madame.

Elle s'enfuit vers la cuisine, poursuivie par le regard intrigué de Béatrice de Larjac. Et le repas fut un calvaire pour Claire. La mère de Bertrand ne cessa en effet de se plaindre. Elle trouva le caviar trop salé, le foie gras sans goût, le rôti trop cuit. A chaque fois qu'elle se plaignait, Claire encaissait sans rien dire. Manifestement, Béatrice de Larjac avait décidé de faire souffrir la jeune fille, de la faire sortir de ses gonds.

Claire s'accrocha. Dans la petite cuisine, Lucette qui avait observé la scène lui proposa gentiment :

— Tu veux que l'on change de côté? Je lui ferai entendre raison, moi, à cette femme.

Mais Claire refusa. Elle était résolue à aller jusqu'au bout et elle n'entendait pas céder aux caprices de la passagère; elle ne voulait surtout pas perdre son sang-froid.

La sonnette retentit. Claire jeta un regard et soupira en constatant que c'était l'occupante de la place D qui réclamait ses services.

— Vous désirez madame?

— Encore du champagne! Vous ne voyez pas que nos verres sont vides. Assurez convenablement votre service, je vous prie, mademoiselle!

L'hôtesse se retint de répondre et sans dire mot, prit dans le réfrigérateur une bouteille de Moët et Chandon. Puis elle se dirigea vers l'avant de l'appareil. Alors qu'elle se penchait pour verser le vin dans le verre que lui tendait Béatrice de Larjac, elle sentit que cette dernière, de son autre main, la bousculait si bien que le Champagne se répandit sur la veste de son mari.

— Maladroite! cria Béatrice de Larjac.

— Mais madame...! protesta Claire!

— Vous osez me répondre! Vous êtes une insolente! cria Béatrice de Larjac.

La voix s'était enflée. Des têtes se tournaient pour regarder la scène. La mère de Bertrand voyait avec plaisir la confusion s'emparer du visage de Claire. Cette dernière tentait à l'aide d'une serviette d'éponger la veste d'André de Larjac qui se laissait faire sans dire mot. Béatrice arracha la serviette des mains de l'hôtesse.

— Vous n'êtes qu'une sotte, laissez-moi faire!

La moutarde monta au nez de Claire.

— Madame, je vous interdis de me parler sur ce ton.

La passagère s'étrangla de fureur. Elle allait pouvoir se venger de cette gamine dont la joliesse l'avait mise de mauvaise humeur. Elle appela :

— Je voudrais parler au commandant, tout de suite.

— Je regrette, madame, le commandant n'est pas visible pour l'instant.

Le chef de cabine s'était approché et il tentait en vain de calmer la passagère. Mais Béatrice de Larjac ne l'entendait pas de cette oreille. De toute manière, ce voyage ne lui plaisait guère. Son mari devait se rendre en Guadeloupe pour affaires alors qu'elle aurait désiré être à Megève pour retrouver ses amies. Aussi, avait-elle décidé d'être particulièrement désagréable. André de Larjac s'était levé à son tour et il priait sa femme de se rasseoir. Mais elle ne voulut rien entendre.

De guerre lasse, le chef de cabine fit monter le couple dans le petit bar-salon et frappa à la porte du poste de pilotage. Arnaud Degrave l'interrogea du regard.

— Une passagère tient absolument à vous voir. Il y a eu un petit incident dans la cabine des premières et elle veut se plaindre.

En maugréant, Arnaud remit sa veste et pénétra dans le salon. D'un rapide coup d'œil, il embrassa la scène. Devant lui se trouvait un couple d'une cinquantaine d'années. Lui, un homme d'affaires parfait, l'air ennuyé par la démarche. Elle, une blonde un peu moins âgée et qui avait le tort de s'habiller comme une jeune fille. Rouge de colère. Au fond du bar, la jolie Claire, le visage empourpré — cela lui va bien, nota-t-il — avec à ses côtés l'autre hôtesse qui s'appelait Lucette.

Arnaud fit asseoir le couple sur le canapé et demanda courtoisement.

— Que puis-je pour vous madame?

Elle désigna Claire du doigt.

— Je n'ai jamais rencontré une insolente et une maladroite pareille. Depuis le début du voyage, elle tient des propos désobligeants à mon égard et tout à l'heure, pour couronner le tout, elle a volontairement renversé du Champagne sur la veste de mon mari.

Claire voulut parler, protester, mais Arnaud Degrave la fit taire du geste.

— Continuez je vous prie.

— La compagnie Air France n'est décidément plus ce qu'elle était, commandant. On y embauche à présent n'importe qui. J'exige, vous entendez, j'exige que cette jeune femme me fasse des excuses et que vous preniez des sanctions à son égard.

Arnaud releva l'air gêné du mari et prit la mesure de l'état d'excitation dans lequel se trouvait la passagère. Il doutait fort que Claire acceptât de faire des excuses. Il préféra répondre :

— Acceptez plutôt par ma bouche les excuses de la compagnie, madame. Le chef de cabine va vous reconduire à vos places et s'occupera personnellement de vous. Bonne fin de voyage.

— Mais commandant...

— Je vous en prie madame. Tout le reste est du ressort de la compagnie.

Béatrice de Larjac, que son mari essayait vainement d'entraîner depuis quelques minutes, accepta de mauvaise grâce de redescendre dans la cabine des premières. Manifestement, elle n'aurait pas voulu en rester là. Seul désormais avec les deux jeunes filles, Arnaud regarda Claire qui attendait.

— Mademoiselle, je ne vous félicite pas.

La jeune fille fit un bond.

— Elle a volontairement renversé le Champagne sur son mari. J'ai bien senti une secousse, sa main a poussé mon bras.

Lucette approuvait tandis qu'Arnaud continuait de regarder la jeune hôtesse.

— Nous en reparlerons à Pointe-à-Pitre si vous le voulez bien. Mais jusqu'à notre arrivée, il est préférable mademoiselle Ambré que vous permutiez avec votre collègue. C'est elle qui assurera le service aux sièges avant.

— Je voudrais simplement...

— Non mademoiselle, répondit-il sèchement. Je vous ai dit que nous en discuterions à Pointe-à-Pitre. J'ai autre chose à faire pour le moment.

Il rentra dans la cabine de pilotage. Claire éclata alors en gros sanglots. Depuis le début du voyage, la tension avait été trop forte et l'incident avec Béatrice de Larjac l'avait vidée. Tant de méchanceté et de mauvaise foi la trouvait sans défense. Elle pensait à Bertrand et imaginait la violente scène qui l'avait vu s'opposer à sa mère lorsqu'il lui avait fait part de son intention d'épouser Claire... Mme de Larjac n'était décidément pas une femme commode et elle réalisait mieux la pression qu'elle avait dû exercer sur son fils pour le faire céder.

Bertrand... Comme elle eût voulu en cet instant qu'il fût près d'elle pour la soutenir, la réconforter. Pour aller crier à cette femme insensible que l'amour avait des droits, qu'ils étaient tous les deux jeunes et beaux et qu'importaient, au fond, le rang et la fortune pourvu qu'ils fussent heureux. Mais il est un monde où les sentiments ne font pas bon ménage avec les affaires et le qu'en-dira-t-on et il avait fallu, justement, qu'elle tombe amoureuse d'un garçon qui en faisait partie.

Assise près d'elle, Lucette tentait de la calmer. Elle lui tendit un mouchoir imbibé d'eau fraîche pour qu'elle se le passe sur le visage avant de reprendre son travail.

— Allons Claire, gronda-t-elle. Ne te laisse pas aller. Cette chipie en éprouverait trop de joie si elle constatait qu'elle avait atteint son objectif. Reprends-toi je t'en supplie. Il nous reste encore trois heures de vol avant d'arriver à Pointe-à-Pitre et nous avons encore beaucoup de travail.

Claire eut un instant la tentation de livrer son secret à son amie, de lui expliquer pour quelles raisons elle avait eu l'idée folle de vouloir s'occuper des Larjac. Et puis, elle renonça. Du travail l'attendait en effet et elle ne souhaitait pas fournir à Arnaud Degrave l'occasion de lui faire d'autres réflexions avant l'atterrissage.

Décidément, le commandant de bord n'était pas un personnage facile et, s'il s'était gardé d'entrer dans le jeu de Béatrice de Larjac, il avait eu pour Claire une attitude sévère. En tant que responsable du vol Paris-Pointe-à-Pitre, il n'appréciait guère que ce genre d'incident ait pu éclater, ce qui était naturel, mais il aurait pu, pensait-elle, prendre sa défense. Et puis, quel mépris pour cette querelle de femmes! Claire se souvenait des recommandations qu'il lui avait faites tout de suite après le décollage :

— J'entends que ce vol se déroule sans histoire.

Eh bien, c'était raté.

Qu'allait-il faire? Rédigerait-il un rapport à la direction de la compagnie, rapport qui risquait d'avoir pour Claire des conséquences fâcheuses? Recevrait-elle simplement un blâme? Irait-on jusqu'à la mise à pied? Le renvoi, peut-être? Face à la mauvaise foi de Béatrice de Larjac, elle n'avait à opposer que sa parole et celle de Lucette qui avait assisté à la scène. Cela ne faisait pas lourd devant les accusations d'une passagère qui avait de l'entregent, et un rapport défavorable du commandement de bord.

Mais Claire décida d'en prendre son parti. Si l'affaire d'aventure tournait mal à son retour à Paris, elle abandonnerait son métier d'hôtesse et retournerait pour un temps à Bagnols-sur-Cèze, près de Majou qui serait heureuse de l'accueillir. Pour réfléchir.

Après la scène de rupture avec Bertrand, sa mère avait accouru par le premier train, prétextant auprès de la direction du Collège de Bagnols la mauvaise santé de sa fille qui lui procurait des soucis. Admirable Majou... Pendant trois jours, elle avait pansé les plaies et, affectant une bonne humeur qu'elle était loin d'éprouver réellement tant le chagrin de sa fille lui faisait mal, elle avait cependant réussi à arracher à Claire un sourire.

— Pour une fois que je viens à Paris, tu ne vas pas faire cette tête, avait-elle dit à Claire au soir du premier jour, après que la jeune fille lui eut raconté en détail son pauvre roman d'amour brisé par la sottise.

Claire avait acquiescé et les deux femmes s'étaient promenées dans la capitale, parcourant les magasins, allant au théâtre. Claire s'étourdissait et, pendant deux jours, Majou s'était ingéniée à chasser les idées noires qui fronçaient le joli front de sa fille.

Elles s'étaient quittées gare de Lyon, un soir. Tendrement, Majou avait pris sa fille dans ses bras et lui avait murmuré avec infiniment de tendresse des mots de réconfort.

— Ma petite, disait-elle. La vie est ainsi faite, hélas, qu'elle vous réserve des coups durs. J'en ai eu ma part, ajouta-t-elle tristement. Mais crois-moi, il ne faut surtout pas se laisser abattre. Tu te dois de remonter la pente. Pour toi, d'abord, parce que tu as la vie devant toi et que ce serait désespérant de la gâcher; pour moi ensuite qui t'aime tant et qui ne supporterait pas que tu t'abîmes dans ton chagrin. Tu viens d'éprouver une grande déception, soit. Mais dis-toi que tu as sans doute échappé au pire. Bertrand est sûrement un garçon séduisant mais qui manque de maturité, de caractère. Il vit dans un milieu doré auquel tu n'as pas été habituée et s'il t'avait épousée, un jour ou l'autre tu te serais sentie mal à l'aise. Crois-moi ma chérie, ressaisis-toi. Tu es encore très jeune et tu rencontreras bientôt un homme sur lequel tu pourras t'appuyer, un homme qui t'aimera pour toi, pour tes qualités, et non seulement parce que ton père t'a légué de bien jolis yeux verts. Crois-en ta vieille mère.

Vieille mère! Claire avait eu un petit rire et avait écarté Majou à bout de bras pour mieux la contempler. Bien sûr, le chagrin avait tissé de fines rides autour des yeux et la bouche avait un petit pli amer.

— Vieille, toi, à quarante ans!

Majou et sa fille avaient la même silhouette gracieuse, le front légèrement bombé, l'oreille joliment ourlée, le nez fin. Claire, décidément, était fière de sa mère, de sa jeunesse et, pendant les trois jours qu'elles avaient passé ensemble à courir comme des gamines dans Paris, à attraper des fous rires, elles avaient donné le spectacle de deux amies du même âge qui découvraient la capitale et qui s'amusaient comme des folles.

Majou était montée dans le train et, dans les semaines qui avaient suivi ces retrouvailles, le moral de Claire s'était nettement amélioré. Elle reprenait enfin le dessus, grâce à sa volonté, grâce aussi aux encouragements de sa mère qui lui téléphonait souvent. Patatras, voilà que les circonstances la faisaient replonger dans un passé qu'elle voulait à tout prix oublier, qu'elle entendait fuir. Bertrand, Bertrand... En sortirait-elle un jour?

Claire se tourna vers son amie qui attendait anxieusement près d'elle.

— Tout va bien Lucette. Je vais pouvoir redescendre. Merci de m'avoir soutenue, merci de ton amitié qui m'est si précieuse. Elle me fait du bien.

L'autre explosa.

— Ne t'en fais donc pas pour l'incident avec

cette mégère. J'irai dire à Arnaud Degrave ce que je pense de son attitude de tout à l'heure. Il aurait pu te défendre et faire comprendre à cette Béatrice de Larjac qu'il y a des limites à ne pas franchir.

Claire fit un signe négatif.

— Tu n'en feras rien, conseilla-t-elle. Dans toute cette histoire, il y a de ma faute. J'ai peut-être inconsciemment cherché des ennuis pour des raisons qu'il serait trop long de t'expliquer. J'ai commis une erreur et le commandant a parfaitement le droit de le signaler à la direction de la compagnie.

Elle ajouta calmement :

— De toute manière, je m'en moque à présent.

— Pourquoi dis-tu cela, protesta Lucette.

— Parce que j'éprouve en ce moment une certaine lassitude et qu'il faut à tout prix que je réfléchisse, que je fasse le point. Si jamais Degrave se plaint, la compagnie prendra vraisemblablement des sanctions à mon égard et ce sera peut-être l'occasion que je cherchais sans le savoir pour changer de vie, retourner chez moi.

— Mais qu'y feras-tu? Tu es une hôtesse bien notée, je le sais. Tu devrais normalement être transférée dans un an ou deux sur Concorde. Ce serait trop bête de perdre tout d'un coup. Et puis, ajouta-t-elle gentiment, j'aurais beaucoup de peine si tu nous quittais.

Claire remercia son amie en lui entourant affectueusement les épaules.

— Allons Lucette, même si je quittais la compagnie, nous resterions amies tu le sais bien. On a bien le temps de voir ce qui va se passer. Il nous faut à présent servir le dîner.

Les deux jeunes filles redescendirent à l'étage inférieur et gagnèrent une nouvelle fois la mini-cuisine du 747. Au passage, elles furent dévisagées par les curieux qui souhaitaient connaître le fin mot de l'incident qui avait éclaté une demi-heure auparavant. Mais ils en furent pour leurs frais. Claire et Lucette arboraient le visage lisse de celles qui n'ont rien à se reprocher et qui entendent assurer convenablement leur travail.

— Vous êtes bientôt prêtes, les petites?

Le chef de cabine à qui revenait le redoutable honneur de servir personnellement le couple Larjac venait s'enquérir.

— Encore quelques minutes, répondit Lucette.

Il regarda Claire et dit gentiment.

— Ne t'en fais pas pour cette histoire. On plaidera pour toi auprès du commandant.

Elle lui adressa un sourire de remerciement et entreprit de sortir les plateaux avec l'aide de Lucette.

— Tiens Claude, dit-elle en s'adressant au chef de cabine. Voici pour les passagers C et D.

Il prit les plateaux en souriant et s'en alla servir les Larjac pendant qu'elles s'occupaient des autres passagers. De l'œil, elle surveilla les parents de Bertrand. Lui était plongé à son habitude dans la lecture d'une revue. Elle semblait comme anesthésiée. Regardant droit devant elle, elle picorait son repas d'une fourchette négligente.

Le clignotant du poste de pilotage s'alluma.

— Tu veux que j'y aille, demanda Lucette?

— Non, répondit résolument Claire, j'y vais.

Elle ouvrit la porte et une fois de plus fut

accueillie par le gentil sourire de Michel. Au fond, elle regretterait de quitter la compagnie. Tant de camaraderie, d'amitié faisaient chaud au cœur. Il y avait un esprit de corps qui était réconfortant et qui permettait de tenir le coup les mauvais jours. Exception faite, sans doute, d'Arnaud Degrave.

Justement, ce dernier s'adressait à elle :

— Nous allons atterrir dans une demi-heure, mademoiselle. Si je vous ai fait venir, c'est que nous avons un petit ennui de moteur ce qui veut dire que l'atterrissage à Pointe-à-Pitre sera un peu plus délicat que d'habitude. Veillez à ce que les passagers soient bien attachés et vous leur direz la vérité dans une petite annonce que vous ferez juste avant notre arrivée. Je vous préviendrai au moment opportun. Il est inutile de les affoler trop tôt.

Claire acquiesça et retourna dans la cabine des premières pour mettre Lucette au courant. Le visage de cette dernière pâlit.

— Tu crois qu'il y a du danger?

— Sûrement pas, affirma Claire qui en fait n'en menait pas large. Ne m'as-tu pas dit toi-même qu'Arnaud Degrave était un excellent pilote? Un moteur en panne, ce n'est pas grave, il en reste trois. Et puis nous aurons consommé tout le carburant avant de nous poser.

Lucette se signa à la dérobée pendant que Claire lui disait :

— Allez, courage, allons servir le café.

Elles remplirent les tasses des passagers insouciants qui ne rêvaient qu'aux dix jours de vacances qu'ils allaient passer sous le soleil des Caraïbes. La plupart d'entre eux, fatigués par sept heures de voyage, s'étaient assoupis. Elle n'allait pas tarder à les réveiller en leur faisant part d'une nouvelle désagréable.

Le téléphone intérieur sonna.

— Degrave ici. Faites l'annonce avec le plus de ménagement possible. L'essentiel est qu'ils songent à bien s'attacher en prévision de mauvaises surprises toujours possibles. Vous procéderez à une vérification soignée. D'accord?

— D'accord, répondit-elle calmement.

Elle s'approcha du micro et, sans hâte, fit l'annonce.

— Le commandant Degrave vous informe d'un léger incident technique qui ne met absolument pas en cause la bonne marche de l'avion. Mais il va devoir emprunter une procédure inhabituelle pour se poser à l'aéroport du Raizé. Aussi, nous vous prions d'attacher soigneusement votre ceinture et bien entendu de ne plus fumer. N'ayez aucune crainte, tout va se passer le mieux du monde. J'aurais peut-être à vous donner d'autres consignes avant l'atterrissage qui ne saurait plus tarder.

Cette annonce provoqua un début d'inquiétude parmi les passagers. Des questions fusaient dans les travées et Lucette et Claire eurent fort à faire pour calmer les passagers.

— Un moteur défaillant, expliquèrent-elles. Mais il n'y a rien à craindre. La piste a été dégagée à Pointe-à-Pitre et nous faisons une arrivée directe, en évitant d'approcher du volcan La Soufrière.

Claire rajusta la ceinture d'une petite fille qui était encore trop lâche et, en compagnie de Lucette, elle alla s'asseoir. Son amie croisa les doigts dans son dos et soupira :

— Pourvu que tout se passe bien.

En fait, Degrave avait menti en partie. Il y avait deux moteurs en panne et l'approche se révélait délicate. Sur la piste, les autorités de l'aéroport avaient mis en alerte tous les moyens de secours. Le vent n'était pas trop violent, heureusement, et Arnaud n'éprouvait aucune crainte. Il avait débloqué le pilote automatique et affinait son approche.

La piste se présentait là, toute droite en face du 747. Degrave avait pu maintenir une altitude convenable malgré la perte de puissance et il réussit assez bien à franchir les paliers de descente sans trop de heurts. Quelques minutes plus tard, il leva le nez de l'avion et sentit enfin les roues toucher la piste. L'avion se présentait un peu en crabe mais il parvint à le redresser et à le maintenir en ligne. Ce fut au tour de la roulette avant de toucher le sol et il poussa un soupir de soulagement. Dans la cabine, les visages se détendirent, exception faite de celui de Béatrice de Larjac qui était livide.

Claire bondit sur le micro.

— Nous venons d'atterrir à l'aéroport de Pointe-à-Pitre Le Raizé, annonça-t-elle d'une voix très naturelle. La température extérieure est de 34 degrés centigrades et il est seize heures, heure locale. Les passagers sont priés de ne pas quitter leur siège avant l'arrêt complet de l'appareil.

Le Boeing 747 s'immobilisa bientôt sur le tarmac et les passagers commencèrent à réunir leurs affaires. Ils avaient eu chaud mais tout s'était bien passé en définitive. Claire ouvrit la porte pendant que les services de l'aéroport faisaient approcher une passerelle. Ils descendirent les uns après les autres et bientôt, ce fut au tour de l'équipage de quitter l'appareil.

Arnaud Degrave marchait en tête avec le mécanicien et ils étaient suivis par le copilote et le personnel commercial. Le soleil était très chaud, la chaleur moite. Claire pensa avec joie à la mer toute proche dans laquelle il allait faire bon se baigner. Oubliés les soucis, oublié l'incident avec Béatrice de Larjac, oubliée la panne de moteurs. La jeune fille ne pensait qu'à une chose, se reposer et offrir son corps au soleil. Arnaud Degrave? Elle saurait bien assez tôt s'il avait décidé de demander des sanctions contre elle.

Elle ignorait que le commandant de bord avait dans sa poche un petit billet qu'un passager lui avait glissé tout à l'heure. Il y était écrit : « Commandant, la vérité m'oblige à vous dire que l'hôtesse de l'air n'est pour rien dans l'incident qui a éclaté entre elle et ma femme. Cette dernière est entièrement fautive et la justice me commandait de vous le préciser. » C'était signé : André de Larjac.

3

Peut-on parler d'aéroport à Saint-Barthélemy? Non bien sûr. Une méchante bicoque sert d'aérogare et la piste en herbe n'est utilisable que dans un sens ce qui nous éloigne des terminaux aériens sophistiqués des grandes capitales. L'atterrissage, particulièrement délicat, est redouté par les apprentis pilotes car la piste est précédée d'un rocher qui impose d'accomplir un brusque piqué si l'on ne veut pas terminer sa course dans le lagon.

Mais sitôt passé ce petit moment de frayeur, le spectacle est là. Immense et superbe. A deux cents kilomètres environ de la Guadeloupe, la nature a forgé un petit chef-d'œuvre, ciselé une île faite d'anses et de pointes qui plongent dans la mer bleue des Caraïbes.

Après avoir survolé Gustavia, la « capitale », le petit monomoteur Cessna qui avait décollé une heure plus tôt de Pointe-à-Pitre-Le Raizet, frôla le rocher diabolique et plongea habilement vers la piste. Goguenard, Christophe, le pilote, jeta un regard en coulisse vers la jolie passagère qui était en place droite pour guetter ses réactions. Extasiée par le paysage qui s'offrait à elle, Claire n'avait guère prêté attention à la manœuvre. En revanche, le couple d'Américains qui s'était installé aux places arrière ne semblait guère rassuré.

Christophe avait tout réduit et le petit monomoteur à ailes hautes glissa gracieusement vers le sol. Il colla le manche au ventre et hop! le tour fut joué. Les roues touchèrent le sol. Une pression sur les pédales de frein et quelques dizaines de mètres plus loin, le pilote effectua un demi-tour pendant que l'Américaine, remise de ses émotions, prenait ses premières photos.

Claire débarqua aussitôt et attendit que le pilote lui tende sa valise en offrant son visage à la caresse du soleil. Un employé de l'aéroport vérifia avec nonchalance son billet et, quelques instants plus tard, elle était au volant de la Mini Moke qu'elle avait louée pour son séjour. Car Claire avait décidé de prendre des vacances, de profiter le plus possible de cette semaine de repos qui l'attendait, d'oublier surtout les derniers événements. Sylvie l'attendait, une ancienne hôtesse de l'air reconvertie dans l'hôtellerie depuis qu'elle avait épousé un Américain qui tenait un hôtel-bungalow dans l'île.

Sans regret, elle avait fui le Méridien proche du village de Saint-François où logeaient habituellement les équipages d'Air France. Après avoir atterri dans des conditions difficiles au Raizet en raison de la panne de deux moteurs, encore secouée par l'incident qui l'avait opposée à Béatrice de Larjac à bord du 747, elle avait attendu sans dire mot ses bagages avec les autres navigants, répondant à peine à Lucette qui tentait de la dérider. Une surprise cependant, Arnaud Degrave lui avait adressé la parole, avec comme une certaine gêne.

— Je veux vous féliciter pour le calme dont vous avez fait preuve lors de l'atterrissage, lui dit-il.

Froidement, elle avait dit « merci », laissant entendre qu'elle souhaitait que la conversation s'arrêtât là. Non par esprit de revanche, mais parce qu'elle se sentait lasse après huit heures trente de vol et qu'elle aspirait au calme et à la tranquillité.

Dans le petit autocar qui les emmenait tous à l'hôtel, elle était cependant sortie de son silence et conversait avec Lucette. Car, contrairement à son amie, c'était la première fois qu'elle venait à la Guadeloupe et Lucette lui expliquait tout : Basse-Terre avec ses forêts luxuriantes et ses cultures vivrières, ses montagnes dominées par La Soufrière; Grande-Terre, quasi désertique, aux plages de sable blanc et fin et qui se termine par la Pointe des Châteaux sur laquelle vient se briser l'océan. Juste avant, le village de Saint-François avec tout proche l'hôtel Méridien.

C'est alors que Claire lui avait révélé son projet : partir dès le lendemain pour Saint-Barthélémy.

— Tu devrais venir avec moi, proposa-t-elle gentiment à Lucette. Sylvie est adorable et il paraît que le paysage que l'on découvre de l'hôtel des Grenadiers est particulièrement extraordinaire.

Lucette refusa.

— Impossible, nous repartons demain pour Paris. Dans l'hypothèse, bien entendu, où les mécaniciens sont parvenus à réparer les deux réacteurs. Tout le monde n'a pas la chance d'avoir des vacances, ajouta-t-elle pour taquiner la jeune fille.

Pour papoter tranquillement, elles s'étaient installées toutes les deux au fond de l'autocar. Lucette dit encore en désignant la nuque d'Arnaud Degrave qui se trouvait sur la première banquette.

— Il t'a dit quelque chose?

Elle répondit en haussant les épaules.

— Il m'a remerciée pour l'annonce que j'ai faite à sa demande afin de calmer les passagers. Je me demande encore pourquoi.

— Peut-être voulait-il se faire pardonner.

— Je m'en moque, répondit Claire. Je trouve qu'il n'a pas été correct lors de mon incident avec Béatrice de Larjac. Il était flagrant qu'elle avait tout inventé de toutes pièces.

— Oui, mais c'est une passagère, soupira Lucette. Et même une V.I.P. Il a sans doute été obligé de faire semblant de lui donner raison.

— T'aurait-il prise pour avocate, interrogea, amusée, la jeune fille.

Lucette protesta.

— Non, bien sûr. Mais comme nous allons tous nous retrouver dans le même hôtel, je voulais essayer d'arranger les choses. Ce serait tout de même plus agréable.

— Que dis-tu là, il n'y a rien à arranger, répliqua vivement Claire. Nous faisons partie du même équipage un point c'est tout. Je ne vois vraiment pas pour quelles raisons tu devrais t'en mêler.

Puis voyant que Lucette semblait froissée par sa sortie :

— Ne m'en veux pas pour ma réaction, ma chérie. Mais ces derniers temps, je ne suis pas tout à fait dans mon assiette et j'ai vraiment grand besoin de changer d'air. Je compte beaucoup sur mon séjour à Saint-Barthélémy et sur l'accueil de Sylvie pour y arriver.

Le petit autocar traversait la ravissante place de la Victoire, plantée de flamboyants et bordée d'immeubles coloniaux, puis s'engageait sur la route de Gosier qui conduit à Sainte-Anne et à Saint-François.

Un long moment à passer avant d'arriver à destination et Claire ferma un instant les yeux. Des images défilèrent, celle de Majou sur la place de Bagnols-sur-Cèze un jour de marché, devant des étals sentant bon le thym et la lavande, celle de Bertrand conduisant d'une main sûre la Ferrari sur les routes fauves de la Provence. Celle enfin de Béatrice de Larjac écumante de rage. Passée l'humiliation qu'elle avait ressentie lorsqu'elle avait été apostrophée devant tous les passagers de première classe, le souvenir de la scène l'amusa tout à coup. Elle se remémorait l'attitude gênée d'André de Larjac, tentant en vain de calmer sa femme qui se dressait comme une virago pour jeter l'anathème. Et Arnaud... L'amusement fit place à du ressentiment. Elle n'était pas prête d'oublier ce qu'elle appelait le lâchage du commandant de bord dans le salon-bar du 747 alors qu'elle comparaissait devant une sorte de tribunal composé de Degrave et des Larjac. Elle se posa la question. La mère de Bertrand aurait-elle su qui elle était? Elle ne le pensait pas, cette dernière n'ayant fait que l'entrevoir lors de la grande réception donnée à Juan-les-Pins. Mais elle ne s'expliquait pas, alors, les raisons de sa colère. Bien sûr, elle se souvenait parfaitement avoir dévisagé la passagère. La curiosité avait été trop forte et peut-être s'était-elle attardée... Et puis, Lucette l'avait sûrement appelée par son prénom à un moment quelconque du dîner mais il existait tout de même beaucoup de Claire...

Cette dernière se trompait. Béatrice de Larjac, fine mouche, avait tout de suite deviné que le destin la mettait en présence de la jeune fille que son fils avait voulu lui imposer comme bru. Son sang n'avait fait qu'un tour et elle avait vu tout de suite le parti qu'elle pouvait tirer de cette rencontre qui voyait Claire en situation d'infériorité. Et elle avait saisi l'occasion de se venger de cette intrigante qui avait osé prétendre entrer dans la famille Larjac.

Béatrice se souvenait de la scène qui l'avait opposée à son fils. « Elle s'appelle Claire », avait-il dit et lorsqu'elle avait insisté pour en savoir davantage sur la jeune fille dont son fils était amoureux, il avait bien été obligé de lui dire qu'elle était hôtesse de l'air. Aussi, dans l'avion qui la conduisait à Pointe-à-Pitre, Béatrice de Larjac avait-elle tout de suite compris. Et alors qu'une voiture emmenait le couple vers Basse-Terre à Saint-Claude, ville résidentielle plantée au milieu de jardins tropicaux, elle s'en voulait du demi-échec qu'elle avait enregistré à bord du 747. L'éclatante beauté de Claire était venue s'ajouter au ressentiment qu'elle éprouvait déjà pour l'hôtesse et elle ne s'estimait guère satisfaite des excuses que lui avait présenté, sans chaleur, le commandant de bord au nom de la compagnie.

Des excuses tout justes polies, se dit-elle et comme elle avait le caractère rancunier, elle se promit que les choses n'en resteraient pas là.

Tout près de Saint-François, l'hôtel Méridien se dresse devant une petite baie aux eaux opalines sur lesquelles glissent des planches à voiles. L'après-midi s'achevait doucement dans le calme et la beauté. Les essences des arbres imprégnaient fortement l'atmosphère et Claire se dit qu'elle approchait du paradis.

— « Viens me voir sans faute à Saint-Bart, lui avait écrit gentiment Sylvie. Je t'y offre la mer, le soleil et mon amitié. Ne les déçois pas en nous faisant faux bond. Nous t'attendons avec impatience. »

Aujourd'hui, Claire se sentait l'âme d'une écolière à l'aube des grandes vacances.

Lucette lui toucha le bras.

— Nous sommes arrivés, dit-elle.

L'autocar s'immobilisa devant le perron de l'hôtel et Arnaud Degrave descendit le premier, suivi de Michel et du copilote. Puis, ce fut au tour de Claire et de Lucette. Leur beauty-case à la main, elles gagnèrent à leur tour la réception où le second s'activait pour retenir les chambres. Claire hérita du numéro 217 et Lucette du 219. Dans l'ascenseur qui les conduisait au deuxième étage, son amie lui proposa :

— On se change en vitesse et on va se baigner?

Claire acquiesça et, quelques minutes plus tard, les deux jeunes filles se retrouvaient sur la plage de sable fin. La grosse chaleur avait disparu. L'air était doux et l'eau presque tiède. Elles nagèrent jusqu'à un petit îlot qui se trouvait en face de la plage, à quelque deux cents mètres et lorsqu'essoufflées elles prirent pied, la nuit était brutalement tombée. En face, les lumières du Méridien brillaient et il leur arrivait, par bouffées, des bruits de musique antillaise propice au rêve.

— On est bien, murmura Claire.

— Toi, tu as de la chance, répondit Lucette. Car demain soir, je repars sur Paris avec trois cents passagers dont il va falloir satisfaire tous les caprices. La vraie corvée.

— Ils seront tout de même moins exigeants que Béatrice de Larjac, répliqua Claire. Je ne me souviens pas d'avoir rencontré une femme aussi désagréable.

Claire comprit que Lucette, qui n'osait pas l'interroger, était intriguée par l'incident qui s'était déroulé à bord de l'avion. L'insistance avec laquelle elle avait tenu à s'occuper des Larjac, l'altercation qui avait suivi, l'avaient troublée.

Alors, elle s'en voulut de garder son secret pour elle et elle entreprit de lui raconter son roman d'amour brisé. La nuit tropicale se prêtait aux confidences et la gentillesse de Lucette l'émouvait. Elle raconta tout. La soirée à Juan-les-Pins dans la somptueuse maison des Larjac, soirée au cours de laquelle elle avait dansé toute la nuit dans les bras de Bertrand, les longues promenades dans l'arrière-pays, leur séparation, les petits billets tendres qu'elle recevait, jusqu'à ce dîner à Versailles au cours duquel le garçon, avec gêne, avait signifié sa rupture. Enfin, la découverte à bord du Boeing 747 de la présence des parents de Bertrand...

Lucette l'écoutait avec attention, sans l'interrompre. Ce n'est qu'à la fin, lorsque Claire eut terminé son récit, qu'elle lui prit la main pour murmurer :

— Je te plains.

Mais Claire se leva comme pour mettre fin à ce rappel d'un passé qui la faisait encore souffrir et qu'elle voulait à tout prix oublier.

— Il est temps de rentrer, dit-elle. Je me sens une faim de loup. Si nous nous attardons, nous serons en retard pour le dîner.

— A quelle heure pars-tu demain pour Saint-Barthélemy? interrogea Lucette.

— Vers 10 heures je crois, je vérifierai tout à l'heure.

Elles nagèrent en direction de la plage et gagnèrent leurs chambres. Claire mit une robe légère, couleur bois de rose, qui faisait ressortir ses yeux clairs et ses cheveux châtains. Puis, toutes deux descendirent vers la salle à manger dont une partie mordait sur la terrasse.

De loin, elles aperçurent des bras qui se levaient pour attirer leur attention. C'était Michel qui leur avait réservé deux places à une table où se trouvaient déjà Arnaud Degrave et le second. Claire eut un mouvement de recul mais Lucette l'encouragea en lui murmurant mezzo voce.

— Allons, tu ne vas pas te dégonfler, tout de même.

De fait, Claire n'en n'avait pas l'intention et il fallait bien de toute manière qu'elle affronte le commandant de bord. Il valait mieux que cette rencontre ait lieu devant d'autres personnes et Lucette était là pour lui venir en aide.

Il s'était levé, très beau dans un polo blanc, et il tint sa chaise sans affectation pendant qu'elle s'asseyait. Claire avait déjà remarqué qu'il savait agir de façon naturelle.

— Alors, le bain était-il excellent, interrogea-t-il?

Claire fit un geste affirmatif et pendant que Lucette bavardait avec Michel, il entreprit de converser avec elle. Poliment, ils évoquèrent des lieux communs lorsque Arnaud posa brutalement la question :

— Vous connaissez les Larjac, je suppose?

Elle fut décontenancée et comprit que Degrave, qui ne s'expliquait pas l'incident du 747, en avait conclu qu'il devait exister un lien entre la jeune hôtesse et les passagers.

Elle n'avait pas l'intention de lui donner satisfaction.

— Non, répondit-elle.

Elle comprit qu'il n'était pas dupe. Arnaud avait remarqué la gêne que semblait éprouver sa voisine mais il eut la galanterie de ne pas insister.

C'est elle qui revint à la charge. Froidement.

— Vous vouliez me voir à ce sujet, lança-t-elle. Je suis prête à subir un interrogatoire, à répondre à toutes vos questions. Il faut que vous puissiez rédiger votre rapport.

Il battit en retraite.

— Claire, il n'y aura pas d'interrogatoire et il n'y aura pas de rapport.

Ils réalisèrent tous les deux qu'il l'avait appelée par son prénom alors que, jusqu'à présent, il l'appelait cérémonieusement Mlle Ambré.

— Oubliez ce qui s'est passé, ajouta Degrave. Pour moi, Mme de Larjac a voulu passer sa mauvaise humeur sur quelqu'un et elle vous a choisie pour victime. L'affaire s'arrête là.

— Dans ce cas, commença-t-elle...

Elle s'arrêta.

— Poursuivez, dit-il.

Elle s'arma de courage.

— Il y a une chose que je ne m'explique pas. Vous semblez ce soir attacher peu d'importance à l'incident qui s'est déroulé à bord du 747. Pourtant, au moment de la grande explication, vous avez semblé par votre attitude donner raison à Mme de Larjac.

— Qu'auriez-vous fait à ma place, répliqua-t-il. J'avais en face de moi une furie qui voulait à tout prix que je lui livre une tête. Je me suis contenté de lui présenter les excuses de la compagnie, c'était le moins que je pouvais faire.

— Mais enfin, s'indigna Claire, elle était manifestement de mauvaise foi. Et maintenant vous l'êtes aussi à votre tour car vous avez cru à ses protestations sur le moment. Souvenez-vous de vos propos lorsque je me suis rendue dans la cabine de pilotage à votre demande : « J'ai lu votre dossier mademoiselle... Vous êtes placée sous ma responsabilité. J'entends que ce vol se déroule sans histoire... »

Elle poursuivit avec colère.

— Aussi, dès que Mme de Larjac est venue se plaindre, vous l'avez crue. Depuis deux ans que je suis hôtesse, c'est la première fois que je reçois une mise en garde de ce genre et que je subis semblable humiliation.

La conversation tournait mal et Lucette se tortillait sur sa chaise, brûlant d'intervenir pour tenter d'arranger les choses. Mais Michel qui avait compris son intention lui fit signe qu'il valait mieux les laisser s'expliquer.

Se sentant le point de mire de ses camarades,

Arnaud eut la tentation de baisser la garde mais son orgueil reprit le dessus.

— Je regrette mademoiselle, mais il était de mon devoir d'écouter avec attention Mme de Larjac. Une passagère de la compagnie a droit à tous les égards et je regrette que vous ne l'ayez pas compris.

Le ton était devenu sec, le visage d'Arnaud s'était fermé. Claire se dit qu'elle l'avait un peu cherché mais elle ne regrettait rien. Cette explication avait au moins le mérite d'avoir eu lieu et de mettre les choses au point. Degrave était décidément un garçon impossible et la réputation de patron inflexible qu'il avait dans la compagnie était sans nul doute justifiée.

Le repas, dès lors, fut languissant. Les acras qu'elle avait dans son assiette lui parurent tout à coup caoutchouteux. La conversation devint générale et roula sur le retour du Boeing sur Paris. Les moteurs seraient-ils réparés à temps? Michel l'espérait mais ne put se prononcer avec certitude. Le dessert vite avalé, Arnaud se leva pour prendre congé.

— Rendez-vous demain au terrain, dit-il à l'équipage avant de se tourner vers Claire : Je vous souhaite d'agréables vacances et oubliez tout cela.

Sa longue silhouette disparut dans les arbres et Lucette vint s'asseoir près de Claire.

— Tu as eu tort, reprocha-t-elle à son amie. Il était si facile de faire comme si rien ne s'était passé.

Claire s'en voulait bien un peu mais elle était également satisfaite d'avoir vidé l'abcès.

— Peut-être as-tu raison, murmura-t-elle. Mais

cela a été plus fort que moi. Tant d'orgueil... c'était trop injuste.

Dans la tête de Lucette, il y eut un petit déclic. Et si Arnaud et Claire éprouvaient sans le savoir une certaine attirance l'un pour l'autre? Mais elle chassa cette idée qui lui parut folle. Claire était manifestement toujours amoureuse de ce fameux Bertrand et elle savait Arnaud trop coureur de jupons pour le croire prêt à se lancer dans une aventure sentimentale.

— Mademoiselle Ambré... On demande Mademoiselle Ambré au téléphone... Mademoiselle Ambré.

Elle se leva avec surprise et le serveur s'approcha d'elle.

— On vous demande au téléphone de Paris. Vous pouvez aller prendre la communication dans le hall.

Claire fut inquiète. Etait-il arrivé quelque chose à Majou? Elle se précipita vers la réception et s'enferma dans la cabine.

— Allô, Claire?

Dieu soit loué, ce n'était pas Majou. Elle éprouva cependant un choc en reconnaissant la voix de Bertrand de Larjac. La communication était parfaite.

— Claire ma chérie, il fallait absolument que je te joigne. Je ne peux plus rester sans nouvelles de toi.

— Mais comment m'as-tu retrouvée?

— J'ai appelé un de mes amis à Air France et il a fait regarder sur le planning. Par les renseignements, j'ai obtenu le numéro de téléphone de l'hôtel.

Claire était profondément émue. Après tous les événements qu'elle venait de vivre, après l'altercation qui l'avait opposée à Arnaud Degrave, la voix de Bertrand lui fit un bien immense. Celui qu'elle avait considéré comme son fiancé pendant quelques mois lui parut soudain tout proche.

— Claire, je voulais te demander pardon pour mon attitude, pour ma lâcheté. J'ai longuement réfléchi depuis notre dîner de Versailles et je suis arrivé à la conclusion que je ne peux pas vivre sans toi. La vie me paraît triste et sans joie...

— Mais Bertrand...

— Je t'en prie Claire, laisse-moi terminer, mon amour. Ne me juge pas avant de m'avoir entendu. J'ai décidé de passer outre le consentement de ma mère...

Bertrand avait eu un mot malheureux. Passer outre le consentement de Béatrice de Larjac... Claire se dit aussitôt qu'à son âge, Bertrand aurait pu y penser plus tôt et le rappel de la passagère l'assombrit. Fallait-il donc qu'elle soit poursuivie sans cesse par la mère de Bertrand? Mais la voix se faisait pressante et tendre.

— Claire ma chérie, laisse-moi une chance de te gagner à nouveau. J'ai trop besoin de toi...

Les paroles étaient douces à l'oreille et Claire faillit succomber à l'appel qu'il lui lançait à plusieurs milliers de kilomètres de là. Bertrand, cela voulait dire un été heureux, le temps des promesses et du bonheur fou, des souvenirs qui font chaud au cœur.

— Bertrand mon chéri, faiblit-elle...

Mais elle se reprit. Il n'était pas possible de revenir en arrière. Ils s'étaient tout dit lors du dîner à Versailles et au cours de l'explication qui avait suivi dans son appartement. Non, décidément, ils n'étaient pas du même monde et en dépit de la tendresse qu'elle éprouvait encore pour Bertrand, malgré le choc que lui causait cet appel téléphonique lointain, elle réalisa une nouvelle fois que leur éventuelle union serait vouée à l'échec. Majou avait raison : trop de choses les séparaient pour qu'elle perde trop longtemps sa lucidité. Coupé de sa famille, obligé d'abandonner une certaine façon de vivre à laquelle il avait été habitué depuis son enfance, Bertrand ne pourrait le supporter très longtemps. Viendrait immanquablement le temps où il lui reprocherait de l'avoir « forcé » d'abandonner cette facilité et alors, ils commenceraient à se déchirer. Tout sauf cela.

Elle entreprit de le raisonner.

— Non Bertrand, abandonne toute idée de me revoir. Nous ne sommes pas faits pour vivre ensemble. Je te l'ai déjà dit. Nos chemins se sont séparés et ils ne se croiseront plus désormais.

Il eut un cri...

— Claire, je t'en prie, ne dis pas ça...

Mais elle continua sans faiblir. Des larmes coulèrent sur ses joues tant ce qu'elle avait décidé de dire lui causait du chagrin. Elle se souvenait des conseils de Majou lors de leur folle promenade dans Paris : Crois-moi ma petite Claire, même s'il revient à la charge, ne cède pas. Je le dis pour ton bien.

Pour ton bien! Dieu, qu'il fallait avoir du courage pour tirer un trait sur un avenir qui aujourd'hui pouvait paraître si facile, pouvait être merveilleux. Au fond, il suffisait qu'elle dise oui, qu'elle annule son séjour chez Sylvie à Saint-Barthélemy, qu'elle reprenne l'avion pour Paris dès demain, qu'elle coure se jeter dans les bras de Bertrand, qu'ils repartent dans la Ferrari à l'assaut des villages ocre de Haute-Provence où tout était si beau. Bref, elle avait encore le temps de franchir le pas pour que tout recommence.

Mais Claire était résolue.

— Non, Bertrand, nous ne pouvons plus revenir en arrière. Tout ce qui s'est passé entre nous restera un merveilleux souvenir mais nous ne pouvons plus continuer. Tu verras, le temps effacera tout et je te souhaite sincèrement tout le bonheur possible.

— Claire...

Elle avait raccroché et resta quelques instants pensive, dans la cabine. Puis elle sortit un mouchoir pour essuyer ses larmes et se décida enfin à rejoindre la table. Dans le grand hall, elle aperçut au loin Arnaud Degrave conversant avec un commandant de bord de la Panam qui venait d'arriver mais elle ne tint guère compte de leurs regards intrigués. Lucette et Michel l'attendaient en sirotant une liqueur. Lorsqu'il vit le visage encore bouleversé de la jeune fille, le mécanicien battit en retraite. Prétextant qu'il devait se lever tôt le lendemain pour aller surveiller à l'aéroport la réparation des réacteurs, il les abandonna pour gagner sa chambre.

Claire et Lucette restèrent l'une près de l'autre.

— Je peux t'aider? l'interrogea gentiment cette dernière qui voyait le désarroi de son amie.

Elle la prit par le bras et elles allèrent se promener sous les arbres, loin des dîneurs.

— C'était Bertrand, dit simplement Claire.

Un long silence suivit et elles s'étaient approchées de la plage. Enlevant leurs chaussures, elles foulèrent le sable, laissant les vaguelettes leur recouvrir les chevilles.

Puis Claire reprit.

— Il voulait à tout prix que je retourne tout de suite à Paris, que nous recommencions comme avant. Il voulait que je l'épouse, ajouta-t-elle dans un souffle.

Claire ne put en dire plus, la gorge serrée. Elle regardait le petit îlot sur lequel elles avaient pris pied deux heures auparavant.

— Ne m'en dis pas plus, dit Lucette. Je devine quelle a été ta réponse.

4

Saint-Barthélemy est une petite île montagneuse et, du Vitet qui culmine à 280 mètres, on bénéficie d'une vue extraordinaire sur 360 degrés : la pointe à Colombier, les îlots Chevreau, Bonhomme et Frégate, le hameau de Lorient où l'on voit encore des vieilles femmes portant des coiffes blanches de la Bretagne ou de la Normandie lointaines, traditions encore respectées dans cette perle des Caraïbes qui vit se succéder les dominations française puis suédoise.

Tout à la joie de la découverte, Claire pensa à Majou en apercevant une aïeule bretonne vêtue de noir qui lui rappelait le pays de sa mère, puis elle prit la direction de Gustavia, la capitale. La pente devenait forte et elle dut rétrograder en seconde pour emprunter la route qui la conduisit près du rocher que l'on effleurait en atterrissant sur le mini-aéroport. De là, elle plongea sur Gustavia qui doit au bref passage des Suédois d'être un port franc. Dans la petite rade, voiliers et bateaux à moteurs jouaient à touche touche. Ils venaient se ravitailler en alcool et en cigarettes avant d'entreprendre de nouvelles courses dans les îles.

La mer... De son ascendance bretonne, Claire avait le goût des grands espaces, goût qu'elle avait entretenu tant bien que mal sur les côtes méditerranéennes mais ce qu'elle découvrait à Saint-Barthélemy lui coupait le souffle. Sylvie ne lui avait décidément pas menti. Elle lui avait offert de partager la beauté.

La Mini Moke descendit le raidillon qui conduisait vers les maisons aux tuiles rouges que Claire apercevait en contrebas. Avant de se rendre à l'hôtel des Grenadiers, elle avait voulu sans attendre faire un petit tour de l'île et acheter dans une boutique détaxée un appareil photo. Car elle tenait à faire partager à Majou le spectacle qui s'offrait à elle et elle trouva sans difficulté sur le port l'appareil qu'il lui fallait.

Midi. Il était temps d'aller rejoindre Sylvie et le commerçant lui indiqua le chemin. La route serpentait le long de la côte puis Claire dut attaquer la colline. Un dernier raidillon et elle parvint au terre-plein de l'hôtel.

Une grande jeune femme blonde, vêtue d'un tee-shirt aux armes de l'hôtel et d'un blue-jean délavé lui sauta au cou. Dans un landau, un bébé sommeillait tranquillement en suçant son pouce. Cette atmosphère familiale réchauffa le cœur de Claire. C'était exactement le remède qu'il lui fallait.

— Que je suis heureuse de te voir, disait Sylvie, tandis que Claire se penchait sur la petite Marie. Nous allons pouvoir parler du passé, des courriers, des fous rires que nous prenions à bord. Dieu sait si je suis profondément heureuse ici mais j'avoue que de temps à autre, j'éprouve une certaine nostalgie en me souvenant de nos escapades.

Claire était radieuse. La luminosité éclaircissait encore ses yeux verts et dans sa joie, elle replaqua deux baisers sur les joues de Sylvie.

— Tu ne peux t'imaginer comme je suis contente d'être là. J'en rêve depuis que j'ai reçu ta lettre qui m'invitait si gentiment à venir te voir. J'espère que je ne te dérange pas au moins?

Sylvie haussa les épaules.

— Tu plaisantes, nous sommes ravis de te recevoir. Et nous pourrons nous consacrer à toi, te montrer l'île, te faire connaître Saint-Barthélemy. La saison ne commence vraiment que la semaine prochaine et nous allons être vraiment tranquilles pendant huit jours, avant que débarquent les charters pleins à ras bords de Canadiens et d'Américains. Viens, je vais te présenter Philip.

Claire aperçut un grand rouquin maigre qui sortait de la machinerie en essuyant ses mains graisseuses à l'aide d'un chiffon.

— Désolé, dit-il avec un grand sourire, mais je réparais le climatiseur. C'est indispensable ici et je m'en serais voulu qu'il fasse trente degrés dans votre chambre.

Il ajouta avec gentillesse.

— Soyez la bienvenue aux Grenadiers.

Ils entrèrent tous les trois dans l'hôtel après que Sylvie eut poussé à l'ombre d'un arbre le berceau de Marie qui continuait son somme.

Sylvie s'affaira.

— Viens, je vais te montrer ta chambre. Tu verras, c'est la plus belle de l'hôtel, sa fenêtre ouvre sur le large et tu apercevras au fond le petit îlot des Grenadiers. Nous y allons de temps à autre pour pêcher et lorsque Philip et moi avons décidé de nous occuper de l'hôtel, nous lui avons tout naturellement donné ce nom.

La chambre était spacieuse et fraîche, Philip avait, semble-t-il, parfaitement réparé le climatiseur. Sylvie s'assit sur le lit tandis que Claire entreprenait de vider sa valise et de ranger ses affaires.

— Alors, que devient le métier?

Claire n'avait pas très envie d'en parler mais il lui sembla difficile de ne pas satisfaire la curiosité de son amie. Elle lui raconta les voyages qu'elle avait effectués depuis plus d'un an que Sylvie avait quitté la compagnie, évoqua les changements qui étaient intervenus, parla d'une hôtesse que Sylvie avait connue et qui lui avait demandé de ses nouvelles. Car la jeune femme avait abandonné son métier du jour au lendemain. Au cours d'un vol Paris-New York, un passager avait attiré son attention. Un grand roux dégingandé qui la suivait du regard et qui lui parlait avec une extrême gentillesse. Le hasard avait voulu qu'ils se retrouvent le lendemain chez Mark and Spencers. Jeune universitaire de Boston, il avait été convié par ses collègues de la Sorbonne à venir passer une semaine à Paris et avant de regagner le nord des Etats-Unis, il avait décidé de rester deux jours à New York. Sylvie avait refait le vol du retour pour annoncer sa décision de démissionner. Un déjeuner chez Maxwell's Plumm dans la première avenue l'avait en effet convaincue que Philip serait pour elle le mari idéal. De retour aux Etats-Unis, elle l'avait épousé à Boston.

Claire mourait de curiosité.

— Par quel miracle êtes-vous venus à Saint-Barthélemy.

Sylvie eut un rire en cascade.

— L'envie de vivre tout simplement, dit-elle. Boston est une ville d'universitaires, d'intellectuels, bref une ville passionnante. Mais le climat est dur et j'avoue que j'avais du mal à m'habituer au style de vie américain.

— Alors, tu as demandé à Philip de partir?

— Je n'aurais jamais osé, car son travail à l'université l'intéressait beaucoup. De lui-même, il m'a proposé un jour de prendre le large. Cela faisait longtemps qu'il désirait écrire un ouvrage sur la politique américaine et nous avons débarqué un beau matin ici avec quelques valises et cent kilos de documentation.

— Et l'hôtel?

— Nous avons accepté d'en assurer la gérance il y a six mois et, ma foi, on se débrouille pas trop mal. Philip travaille tôt le matin à son bouquin pendant que je vais faire les courses à Gustavia et ensuite, nous nous occupons tous les deux des clients.

Elles bavardèrent encore jusqu'à ce que Sylvie s'exclame.

— J'allais oublier le déjeuner. Je te donne rendez-vous dans cinq minutes dans la salle à manger.

Claire se rafraîchit le visage et passa également un blue-jean. Elle s'était levée très tôt le matin pour attraper l'avion de Saint-Barthélemy et elle se sentait tenaillée par la faim. Elle prit juste le temps de jeter quelques mots pour Majou sur une des cartes postales que contenait le secrétaire et elle descendit l'escalier quatre à quatre. Philip l'attendait dans l'entrée. Il avait tenté de discipliner ses cheveux roux pour la circonstance mais sans grand succès.

— Venez Claire, le chef nous a préparé une surprise.

Elle s'assit entre ses deux hôtes et le serveur leur apporta des langoustes, juste grillées, avec du beurre fondu et des petits citrons verts. Le punch qu'elle avait commencé de boire lui tournait un peu la tête et Claire se sentit parfaitement heureuse. La chaude amitié que lui prodiguaient Sylvie et Philip, la beauté du paysage que l'on apercevait par la grande baie vitrée, l'alcool traître des Antilles avaient chassé les idées noires. Bertrand, Arnaud, les Larjac... tout avait disparu de son esprit et elle ne pensait qu'à une chose, vivre intensément l'heure présente qui lui apportait tant de bien-être.

— Que veux-tu faire cet après-midi, interrogea Sylvie.

— Que me proposes-tu?

— Si tu désires te reposer, reste dans ta chambre et tu pourras ensuite aller te plonger dans la piscine. Ou alors, nous pouvons descendre sur une ravissante petite plage où nous serons tranquilles. Philip profite lui de l'absence de clients pour achever son livre.

Claire n'hésita pas une seconde.

— La plage si tu veux bien. Je meurs d'envie de me baigner.

Ils achevèrent leur déjeuner par une glace puis se rendirent dans le jardin pour prendre un café sous un latanier. L'air était doux et Claire sombra dans une légère somnolence.

Sylvie eut un petit rire.

— Tu n'as pas encore l'habitude du punch. Je vais te laisser te reposer un peu et je reviendrai te chercher dans une heure.

Claire acquiesça d'un geste avant de s'allonger plus confortablement. Elle se voyait en rêve à bord d'un voilier filant sur l'océan. A la barre, un homme très brun, très beau. C'était Bertrand... Non, ce n'était pas lui. C'était Arnaud Degrave. Elle faillit crier de surprise. Comment se faisait-il qu'il ait supplanté l'homme qu'elle chérissait il y avait encore peu de temps. Tout en maintenant le cap d'une main sûre, Arnaud la regardait intensément, insensible aux embruns qui fouettaient son visage. Et ses yeux disaient à la fois son amour et sa satisfaction d'être le maître à bord. Le maître... de quel droit pouvait-il s'estimer le maître? Avait-elle donc succombé au charme de cet homme qui avait du caractère mais qui savait se montrer dur? Mais alors, où était Bertrand?

Elle se retournait mais il lui fallait bien se rendre à l'évidence. Arnaud et elle étaient seuls sur le voilier qui était en train de doubler l'îlot des Grenadiers avant de s'élancer vers le large pour une destination inconnue. Le destin avait donc voulu que leurs destinées se joignent? Elle voulut se débattre car une main la secouait. Pourtant, Arnaud était toujours à la barre et elle sortit de son rêve.

Sylvie tentait depuis quelques minutes de la réveiller pour l'emmener à la plage.

— Rêve ou cauchemar, demanda-t-elle amusée.

Encore tout étourdie, Claire ne se sentit pas à même de répondre à la question.

— Je crois que j'ai vraiment plongé dans un sommeil profond, avoua-t-elle. Je cours vite mettre mon maillot et je te rejoins tout de suite.

Un peu confuse, elle se précipita vers sa chambre et quelques instants plus tard, elles filaient vers la mer à bord de la Mini Moke. Une légère brise s'était levée et venait tempérer la grosse chaleur qui avait écrasé Saint-Barthélemy à l'heure du déjeuner.

— Nous allons à la baie de Saint-Jean, indiqua Sylvie.

Près d'un petit cabanon, la mer invitait à s'y plonger et sitôt la voiture arrêtée, les deux jeunes femmes coururent dans l'eau limpide. Depuis son séjour sur la Côte d'Azur, Claire n'avait pas ressenti de sensation aussi agréable. Pendant qu'elle nageait, le souvenir de son rêve la poursuivait. L'image de Degrave était-elle en train de supplanter celle de Bertrand? Devait-elle attacher de l'importance à cette brusque apparition dans son subconscient d'un homme envers lequel elle pensait éprouver du ressentiment? Arnaud... Elle prononça ce prénom à voix haute et soudain, il lui parut avoir la douceur du miel et elle s'en voulut, comme si elle avait proféré un blasphème. Non décidément, elle se refusait à attacher de l'importance à ce rêve absurde qui la plongeait dans une réalité qu'elle voulait oublier et qui mettait fin à la tranquillité à laquelle elle aspirait. Tout au moins pendant huit jours.

Elle nagea vigoureusement vers Sylvie qui faisait béatement la planche près du rivage pour mieux surveiller la petite Marie qui gazouillait sous un arbre.

— Qu'en penses-tu, demanda son amie?

— C'est fantastique, répondit Claire. Comme je t'envie d'avoir trouvé la paix dans cette île.

— Il ne tient qu'à toi de rester avec nous, proposa Sylvie. Comme je te l'ai déjà dit, nous allons recevoir des contingents de touristes et il y aurait sûrement du travail pour toi.

Mais Claire fit non de la tête. Elle savait que son avenir n'était pas à Saint-Barthélemy. Il était ailleurs. Où? Elle ne le savait pas encore. Et puis, elle ne se voyait pas séparée de sa chère Majou qui guettait ses visites — hélas trop rares — à Bagnols-sur-Cèze.

— Tant pis, ajouta Sylvie. De toute manière, profite bien de tes courtes vacances.

Elles prirent un peu le soleil sur des transats, pas trop longtemps car Claire redoutait d'être brûlée pour sa première exposition. Lorsqu'elles remontèrent dans la Mini Moke, il était cinq heures.

— Allons à Gustavia, indiqua Sylvie. Je vais te faire rencontrer un personnage extraordinaire.

Maman Tounou habitait dans une petite maison aux tuiles rouges coquettement arrangée. La vieille Antillaise était très connue dans la petite île pour deux raisons. La première, c'est qu'elle préparait comme personne les acras et les crabes farcis et lorsqu'on la connaissait, elle acceptait de les faire goûter à ses amis, dont Sylvie faisait partie. La seconde, c'est qu'elle se mêlait un peu de sorcellerie et que lorsqu'on insistait beaucoup, elle lisait notamment dans le marc de café.

Elle se trouvait sur le pas de sa porte lorsque la voiture des deux jeunes femmes stoppa le long du trottoir. Son visage s'éclaira d'un grand sourire.

— Bonjour Sylvie ma jolie. C'est gentil de rendre visite à Maman Tounou.

— Je viens te présenter ma meilleure amie maman Tounou. Elle s'appelle Claire.

La vieille Antillaise regarda longuement Claire et dit en hochant la tête.

— Elle est bien jolie ton amie Claire. Entrez je vous en prie.

Les deux jeunes femmes pénétrèrent dans la salle à manger-cuisine qui sentait les épices et elles s'assirent sur un banc.

— Que puis-je vous offrir? Voulez-vous un punch?

— Oh! non, pitié, s'exclama comiquement Claire. J'ai fait une expérience tout à l'heure et j'ai été plongée dans un profond sommeil.

Maman Tounou eut un petit rire et leur servit à chacune un jus d'ananas.

— Que puis-je pour votre service?

— Voilà, dit Sylvie. Je voudrais faire goûter à mon amie la cuisine antillaise, la vraie. Est-ce que tu pourrais nous héberger ce soir?

— Bien sûr ma jolie, tu sais que je ne peux rien te refuser. J'ai justement de jolis crabes qu'on m'a apporté ce matin et je vais vous en faire profiter.

Les deux jeunes femmes battirent des mains.

Claire était ravie à l'idée de ce dîner typiquement antillais auquel elle était conviée.

— Mais ne venez pas après sept heures. Plus tard, il n'en restera pas beaucoup, recommanda maman Tounou dans un gros rire.

Aux Grenadiers, Philip les attendait dans le hall. L'air un peu ennuyé.

— Que se passe-t-il, interrogea Sylvie?

— Il se passe que nous allons être moins tranquilles que nous le pensions. Demain, nous aurons des clients.

— Qui donc?

— Un équipage d'Air France dont l'avion est en panne à Pointe-à-Pitre.

Claire pâlit et s'appuya sur le rebord de la chaise. Elle manqua se trouver mal.

Sylvie avait remarqué l'agitation de son amie et elle vola à son secours.

— Il ne t'a pas été possible de les diriger vers un autre hôtel?

— Difficile, répondit Philip. La jeune femme qui m'a téléphoné s'est recommandée de Claire.

Lucette, c'était Lucette bien entendu qui connaissait les projets de Claire. Elle s'en voulut de lui avoir tout raconté là-bas sur le petit îlot. Décidément, les vacances n'auraient pas duré longtemps. Claire soupira. Sa joie de tout à l'heure était tombée tout à coup et il fallut toute la gentillesse et l'entrain de Sylvie pour lui redonner de la bonne humeur.

Il était exactement sept heures du soir lorsqu'ils entrèrent tous les trois chez maman Tounou. Sur la table, les acras dorés sentaient bon. Ils étaient très pimentés, à tel point que des larmes vinrent aux yeux des deux jeunes femmes. Avec les crabes farcis, ce fut pire. Le palais de Claire n'était pas habitué à ce genre de traitement et elle fut contrainte de céder aux sollicitations de maman Tounou et de boire du punch pour atténuer le feu qui brûlait sa gorge.

Une douce torpeur s'était emparée des convives et Claire s'aperçut que la vieille Antillaise conversait avec Sylvie en la regardant.

Dans un brouillard, elle s'entendit demander :

— Que veut-elle?

— Elle propose de te dire l'avenir. Ton cas l'intéresse. Es-tu d'accord?

Claire acquiesça. De toute manière, le punch lui avait enlevé une grande partie de sa volonté et de plus, cela l'amusait de voir maman Tounou dans ses œuvres. Bien sûr, elle avait entendu dire que dans les Antilles on se livrait à des actes de sorcellerie. Mais sans plus et de toute manière, elle ne croyait guère à ce genre de pratiques.

Maman Tounou avait pris la tasse de café qu'avait bue Claire et en examinait le fond avec attention. Son visage restait impassible pendant son observation et ce n'est qu'au bout de longues minutes qu'elle accepta de prononcer quelques mots.

— Que vois-tu maman Tounou, interrogea avec curiosité Sylvie.

— Un homme blessé sur un bateau et de l'amour, répondit l'Antillaise.

— C'est tout?

— Désolé, je ne peux pas en dire plus.

Ce fut au tour de Claire d'être intriguée.

— Mais cet homme, pouvez-vous me le décrire? Comment est-il?

Maman Tounou regarda encore la tasse puis fit un signe négatif.

— Je crois qu'il est grand et brun. C'est tout.

Dans l'esprit de Claire, les mèches blondes de Bertrand s'effacèrent pour laisser la place à la tignasse noire d'Arnaud. Elle était décidément poursuivie par le commandant de bord. Le rêve tout à l'heure pendant la sieste, la prédiction de la voyante maintenant, la venue prochaine à Saint-Barthélemy de l'équipage avec, en tête, le commandant Degrave. Toutes ces coïncidences commençaient à la troubler profondément. Elle se souvint avoir prononcé son prénom avec douceur lorsqu'elle avait pris un bain dans la Baie de Saint-Jean. Elle se souvint également du sentiment qui l'avait envahie lorsqu'il l'avait appelée Claire au cours du dîner à l'hôtel Méridien.

Pendant que Philip les reconduisait vers les Grenadiers, elle voulut en avoir le cœur net et elle se posa la question. Etait-elle en train de devenir amoureuse d'Arnaud Degrave? Se poser la question revenait presque à y répondre. Sans qu'elle s'en rendît compte, un sentiment était né dans son cœur pour le commandant de bord. Jusqu'à présent, leurs rapports avaient été trop conflictuels pour qu'elle puisse réaliser que, depuis deux jours, elle se sentait attirée par Arnaud. Mais alors, elle s'expliquait mieux la volonté dont elle avait fait preuve pour décourager Bertrand lorsqu'il lui avait téléphoné. Elle comprenait à présent pour quelle raison elle n'en voulait pas en définitive à Lucette de débarquer demain aux Grenadiers avec tout l'équipage alors que sa première réaction avait été de dire adieu à sa tranquillité.

Près d'elle, Sylvie était inquiète.

— Ça ne va pas ma chérie?

Claire voulut garder son jeune secret. Elle rassura son amie.

— Tout va bien, je te l'assure. Ce doit être le punch qui une fois encore me fait trop d'effet. Cela va passer dans quelques minutes, l'air me fait beaucoup de bien.

Ses lèvres formèrent silencieusement le nom d'Arnaud. Soudain, tout lui parut simple, clair. Un voile venait de se déchirer devant ses yeux. Son esprit travaillait à toute vitesse pour se remémorer toutes leurs rencontres. Oui, bien sûr, il l'avait cueillie à froid avant même de monter dans le 747 : « Quand nous aurons décollé, vous viendrez me voir, mademoiselle. J'aurai des consignes à vous donner... » Le ton était-il vraiment sec comme elle l'avait cru ou simplement informatif? Et ensuite, ces fameuses consignes : « J'entends que ce vol se déroule sans histoires... » Ses mâchoires se serrèrent, ce souvenir n'était pas agréable. Quant à la scène avec les Larjac! Il aurait pu tout de même me défendre davantage, se répéta-t-elle avec rage. Mais au fond, et si Lucette avait raison? La compagnie d'abord, la courtoisie envers une V.I.P...

Tout cela tournait dans sa tête et Claire ne savait plus où elle en était. Ou plutôt si, elle admettait à présent qu'elle était amoureuse d'Arnaud Degrave, que les mauvais moments étaient oubliés, qu'enfin, elle avait hâte de le revoir. Malgré le danger qu'ils avaient tous encouru, elle bénissait à présent la panne de réacteurs qui immobilisait l'équipage dans les Antilles. Et puis elle se posa la question suivante : quelle attitude devait-elle avoir demain en le revoyant? Ils s'étaient quittés en assez mauvais termes après l'incident du repas. Lui avait-il gardé rancune? Réussirait-elle à paraître naturelle lorsqu'elle l'apercevrait?

Philip lança la petite voiture à l'assaut du raidillon et quelques secondes plus tard, ils stoppèrent devant les Grenadiers. Dans sa chambre, la petite Marie pleurait et les deux jeunes femmes coururent pour la consoler. Sylvie laissa Claire la prendre dans ses bras, tendre fardeau bien léger. Le bébé se rendormit en esquissant un léger sourire et Claire la reposa doucement dans son berceau.

— Cela te donne des idées, interrogea malicieusement Sylvie?

— Je l'avoue, répondit Claire. Mais j'ai encore bien le temps d'y penser.

— On croit cela... Regarde-moi. Je me suis retrouvée en un rien de temps mariée et mère de famille. En dix-huit mois à peine, j'ai quitté Paris pour me retrouver à Boston puis aux Caraïbes. J'étais célibataire et je suis nantie d'un mari et d'un enfant.

— Tu le regrettes?

Une grande douceur remplit les yeux de Sylvie.

— Oh! non, tout ce qui m'arrive est tout simplement merveilleux. Pour rien au monde je ne voudrais revenir en arrière, continuer ces courses folles à travers le monde pour tenter de satisfaire des passagers capricieux qui vous prennent pour leur bonne, être à la merci d'un commandant de bord jamais satisfait. Non pour rien au monde, je recommencerais.

Puis s'apercevant de sa maladresse :

— Pardon Claire ma chérie. Je suis en train de détruire ton univers. Ce que je voulais dire, c'est que le métier d'hôtesse comporte évidemment des inconvénients. Mais il ne faut pas sous-estimer tout ce qu'il apporte. Grâce à lui, j'ai pu visiter des villes extraordinaires et surtout, ajouta-t-elle en prenant affectueusement le bras de la jeune fille, j'ai rencontré des filles adorables dont je me suis fait des amies.

— Ne te reproche rien, dit Claire. J'éprouve exactement ce que tu viens de décrire. Je commence à être lassée de sauter dans un avion pour me retrouver plusieurs heures plus tard dans une ville inconnue, qui parfois manque de charme, et de toute manière épuisée par le service de bord. A peine commence-t-on à se sentir en forme, qu'il faut déjà repartir.

Elle ajouta :

— Et puis, sans doute que je suis comme toi, que j'aspire à autre chose dans la vie. Ce métier m'aura permis d'aller voir ce qu'il y avait de l'autre côté de Bagnols-sur-Cèze. Mais peut-être que le temps est venu pour moi d'y retourner bientôt.

— Que se passe-t-il? La retraite déjà? A vingt ans? Jolie comme tu es?

— Bagnols est une bien belle ville, répondit Claire. Et puis, c'est chez moi et je me demande parfois si je n'ai pas eu tort en définitive de quitter le Languedoc.

— Je n'en crois rien, répondit avec vivacité Sylvie. Tu traverses sans doute une période d'incertitude et tu te poses des questions, trop de questions. J'ignore quelles sont tes préoccupations actuelles mais crois-moi, Saint-Barthélemy constitue un remède souverain pour ceux qui ont le spleen et je garantis ta prochaine guérison. Et puis, demain tes amis vont venir à l'hôtel et cela te fera sûrement plaisir de les voir.

Claire avait repris ses esprits.

— Tu as raison Sylvie, j'ai tort de me laisser aller. Mais les choses vont très vite pour moi en ce moment et j'ai un peu peur, peur de l'avenir, de ce qui va se passer très bientôt.

La révélation qu'elle avait eue du sentiment qu'elle éprouvait pour Arnaud Degrave était trop récente pour qu'elle songe à le partager avec son amie. Sylvie était la discrétion même et elle se garda bien d'interroger la jeune fille. Cette dernière, de toute manière, saurait la trouver si elle se sentait le besoin de s'épancher.

— Allons, dit Sylvie affectueusement, j'aime mieux te voir courageuse, pleine de vie et d'espoir. Et puis, dit-elle avant de refermer la porte de la chambre de Claire, n'oublie pas les prédictions de maman Tounou : un grand homme brun...

5

Avait-elle bien dormi ou mal dormi? Elle ne le savait plus très bien. Elle se souvenait seulement avoir sombré dans un sommeil profond entrecoupé de rêves qui l'emportaient comme une houle vers le bonheur avec de temps à autre des éclairs de cauchemars. Elle se trouvait toujours sur ce fin voilier qui partait vers le large et qui était barré le plus souvent par Arnaud Degrave. Un Degrave qui avait l'air soucieux, comme s'il redoutait un gros grain. Parfois, c'était une femme qui menait le bateau et Claire avait cru apercevoir le visage de Béatrice de Larjac. Le vent s'était alors soudainement levé, un vent de force 7 qui imprimait un gîte au bateau que la femme avait du mal à tenir car elle avait laissé toutes les voiles dessus. C'est alors que surgissait à nouveau Arnaud et alors, le vent tombait. La tempête laissait la place à une jolie brise qui les faisait filer à six nœuds.

Sommeil agité mais qui se terminait sur une image heureuse. Rien, plus rien ne s'opposait à leur bonheur. Ils avaient acquis le droit d'être ensemble, de vivre leur amour sans que personne ait le pouvoir de s'interposer.

Lorsqu'elle se réveilla, Claire était apaisée. La chaleur avait pénétré dans sa chambre et la jeune fille se dit que Philip n'était pas aussi bon bricoleur qu'il l'affirmait car le climatiseur était, semble-t-il, à nouveau en panne. Elle souleva le store et, une fois encore, s'émerveilla du spectacle qui s'offrait à elle. Au loin, un petit voilier prenait le large et elle se souvint de son rêve. De ce grand homme brun dont lui avait parlé maman Tounou et qui, paisiblement mais fermement, l'emmenait ailleurs, loin du brouhaha, des embarras, des mesquineries. Là où il fait bon vivre caché.

Arnaud... Elle se surprit à prononcer une nouvelle fois ce prénom avec douceur. Son visage lui revint parfaitement en mémoire comme si elle avait une photographie devant les yeux. Les cheveux bruns, drus, légèrement grisonnants, le menton volontaire et résolu tempéré par un regard ferme mais qui savait s'adoucir. Et puis, cette petite cicatrice qui lui barrait la joue et dont elle ignorait encore l'origine. Une tête de pirate, se dit-elle avec amusement et elle l'imaginait partant à l'abordage d'un galion espagnol dans cette mer Caraïbe si propice aux exploits de corsaires.

Elle entendit que l'on frappait trois petits coups à sa porte. Une voix s'éleva.

— Claire, ma chérie.

C'était Sylvie. Elle s'empressa d'ouvrir et aperçut Sylvie, vêtue de son éternel blue-jean, qui portait la petite Marie dans ses bras.

— Nous avons très mal dormi, soupira Sylvie. A cause du climatiseur.

Claire s'expliqua ainsi son sommeil agité. La chaleur n'avait semble-t-il épargné personne.

— Je crains que la panne ne dépasse les compétences de Philip. Nous avons téléphoné à Gustavia pour qu'un spécialiste vienne le réparer. Tout sera arrangé dans la matinée, je te le promets.

Sylvie était légèrement inquiète, mais Claire la rassura. Son visage était radieux, ses yeux verts pétillaient de joie. La journée qui s'annonçait allait être merveilleuse et elle ne se souciait plus guère d'avoir dans sa chambre une température idéale.

— Dans une demi-heure, le petit déjeuner sera prêt. Cela te va?

— C'est plus qu'il ne m'en faut. Un café me fera le plus grand bien.

Sylvie et Marie une fois sorties, Claire se précipita sous la douche. Elle resta longuement sous le jet d'eau glacée, n'arrivant pas à s'arracher à l'onde bienfaisante. Puis elle se sécha soigneusement et hésita un instant avant de s'habiller. Elle se décida en définitive pour une jupe turquoise qui mettait en valeur ses jolies jambes, et pour un corsage blanc. Elle sortit de sa boîte l'appareil photo, y glissa un film, et à présent prête, descendit pour se rendre dans la salle à manger.

Sylvie terminait de faire déjeuner Marie et Philip, l'air penaud, l'attendait pour servir.

— Vers quelle heure arrivent-ils, demanda Claire d'un air détaché?

Sylvie jeta un coup d'œil sur sa montre. Elle s'exclama.

— C'est fou ce que le temps passe. Tes amis devraient être là dans un quart d'heure, vingt minutes au plus tard. Mais de toute manière, nous les entendrons arriver car l'avion survole l'île avant de se poser.

Claire achevait sa biscotte lorsqu'un léger ronronnement lui fit lever la tête. Sylvie courut vers la terrasse et scruta le ciel.

— Le voilà, cria-t-elle.

Elle remarqua alors que Claire faisait preuve d'une certaine fébrilité, mais elle fit mine de ne pas s'en apercevoir, par discrétion. La jeune fille, en effet, ne savait plus quelle contenance adopter. Le moment était enfin venu de rencontrer à nouveau Arnaud dont la seule évocation la faisait chavirer. Parviendrait-elle à paraître naturelle? Saurait-elle cacher l'émotion qui l'étreignait? En revanche, ne risquait-elle pas d'être trop froide, trop détachée parce qu'elle ne voulait pas qu'il devine son secret? Une certaine angoisse la saisit. Et si Arnaud, froissé de l'incident qui les avait opposés lors du dîner, conservait ses distances? Et si au fond, Arnaud n'était pas dans l'avion?...

Elle eut la tentation de demander à Sylvie quelques précisions sur le coup de téléphone de Lucette. Cette dernière lui avait-elle dit qui faisait partie du voyage? Mais elle se retint par pudeur. De toute manière, la minute de vérité était maintenant très proche et elle serait bientôt fixée.

Philip avait sorti du garage le minibus Volkswagen et les attendait dans la cour.

— Je garde la maison avec Marie, plaisanta Sylvie. Revenez vite ici pour que nous puissions aller à la plage.

Le bimoteur Twin Otter grossissait à vue d'œil et préparait son approche. Dix minutes de trajet, au plus, séparaient l'hôtel des Grenadiers de l'aéroport mais elles parurent interminables à Claire. Sagement assise près de Philip, elle avait du mal à cacher sa nervosité. Pour avoir l'air détachée, elle arma l'appareil photo et prit des clichés du bimoteur qui effectuait sa finale. Quelques instants plus tard, ils étaient arrivés au bord de la piste alors que les roues de l'avion mordaient sur l'herbe. Demi-tour classique, et le Twin vint se ranger près de la paillote.

Claire chercha à distinguer les passagers mais elle eut du mal à les reconnaître à travers la vitre bleutée. La porte s'ouvrit et c'est alors qu'elle fut prise dans un tourbillon. Lucette s'était jetée dans ses bras, serrait sa joue contre la sienne, lui racontait mille choses et dans ce déluge de paroles, Claire distingua les mots de panne de réacteurs et de vacances improvisées. Ce n'est que quelques instants plus tard qu'elle réalisa une présence à ses côtés. C'était la grande silhouette d'Arnaud Degrave. Ce dernier attendait patiemment, un léger sourire sur les lèvres, que Lucette eût terminé ses effusions.

— Bonjour Claire, dit-il gentiment.

La jeune fille crut défaillir. Etait-ce le soleil déjà haut dans le ciel qui lui donnait ce vertige? Elle savait bien que non, au fond d'elle-même. L'homme qu'elle chérissait à présent était là, tout près d'elle, et il semblait content de la revoir.

Elle ne put que balbutier :

— Bonjour Arnaud.

Puis elle enchaîna par une banalité, pour masquer son trouble.

— Vous avez fait un bon voyage? avant de

prendre le bras de Lucette pour la conduire vers le minibus.

En définitive, ils n'étaient que trois à avoir fait le voyage. Lucette, Arnaud et Michel. Ce dernier avait laissé des mécaniciens venus de Paris s'occuper de la panne qui semblait plus grave qu'il ne le pensait. Lucette racontait tout cela, l'idée qu'elle avait eu de profiter de ces vacances inattendues pour faire un saut jusqu'à Saint-Barthélemy pour lui dire bonjour. Elle ne lui en voulait pas, au moins, de venir troubler sa tranquillité?

Lui en vouloir... Claire résista à l'envie d'embrasser la petite hôtesse pour la remercier d'avoir eu cette initiative. Mais son jeu eût été trop facile à comprendre et elle sentait qu'Arnaud l'observait.

Ils posèrent tous trois leurs sacs dans le coffre après que Claire les eut présentés à Philip qui attendait placidement.

— Je crois que nous sommes au complet, lui dit-elle.

Elle était gaie et heureuse. Arnaud semblait avoir totalement oublié leur accrochage et il la regardait avec intérêt, comme s'il venait seulement de la découvrir. Il se pencha vers elle.

— Vous êtes ravissante, murmura-t-il.

Elle marqua sa surprise et dissimula sa joie. Arnaud n'était donc pas indifférent à son charme. Mais le souvenir d'une conversation vint l'assombrir. Avant de décoller de Roissy, Lucette l'avait mise en garde contre Degrave. « Service-service », avait-elle dit, mais durant les escales, il ne manquait pas de faire la cour aux hôtesses et de se conduire parfois cavalièrement. Elle eut le courage d'affronter son regard. Il lui sembla admiratif, mais sans ostentation. Le compliment lui était venu naturellement aux lèvres. Claire était belle et il avait tenu à le lui dire. Elle n'eut pas le temps de pousser plus loin sa réflexion, car Lucette babillait près d'elle et, de toute manière, la Volkswagen arrivait aux Grenadiers. Sylvie avait remplacé son jean par une robe et elle les attendait sur le perron. Nouvelles présentations, puis Claire entraîna Lucette pour lui montrer sa chambre.

— J'ai beaucoup de choses à te raconter, lui dit Lucette. Tout d'abord, c'est que nous sommes tous les trois ravis d'être ici et quand j'ai fait la proposition, ils ont tous les deux été d'accord, même Arnaud ajouta-t-elle avec malice. Ensuite, je voulais te dire que Michel lui avait parlé de l'incident du 747 qui t'avait opposée à Béatrice de Larjac. Degrave lui a confirmé qu'il n'avait absolument pas l'intention de rédiger un rapport. Tu es contente?

Claire l'embrassa. Bien sûr qu'elle était contente, non pas de savoir enterrée l'affaire Larjac, mais parce que Arnaud était là et qu'il avait été ravi de venir. Elle garda bien entendu cette réflexion pour elle, se disant cependant que Lucette qui n'avait pas les yeux dans sa poche se douterait bien vite du tendre sentiment qu'elle éprouvait pour le commandant de bord.

Laissant son amie se changer, elle descendit sur la terrasse. Une voix grave s'éleva derrière elle.

— Je peux vous tenir compagnie?

Arnaud s'était approché sans qu'elle l'entendît et elle se retourna brusquement. Pour cacher son trouble, elle lui désigna la baie qui s'offrait à leurs yeux.

— C'est admirable, n'est-ce pas?

Mais il négligea de regarder le paysage. Il avisa deux fauteuils et l'aida à prendre place.

— Claire, je suis content de vous trouver seule, car je voulais vous parler. Notre dernière rencontre, dit-il, s'est terminée de façon orageuse et je voulais faire le point tranquillement si vous le voulez bien. D'abord, m'en voulez-vous toujours?

Elle resta silencieuse mais ses yeux répondirent pour elle. Il lut le message.

— Voyez-vous, je n'ai jamais eu l'intention de vous accuser d'être à l'origine de cette malheureuse affaire. Seulement, j'étais tenu de respecter les formes. Si mon attitude a pu vous faire croire que je prenais pour argent comptant les vociférations de Mme de Larjac, je vous présente mes excuses.

Elle eut un joli sourire.

— A mon tour, je regrette de m'être emportée l'autre soir.

Son visage s'éclaira et il lui tendit la main.

— Alors c'est d'accord, on fait la paix?

Elle tendit sa main fine qu'il serra délicatement. Ils étaient l'un près de l'autre et Claire craignit qu'il n'aperçût son trouble. Il faillit murmurer quelque chose mais Philip arrivait sur la terrasse. Il s'écarta vivement.

— J'ai une promenade à vous proposer. Il faut que je me rende de l'autre côté de l'île, sur la pointe de Toiny. Si cela vous intéresse...

Ils se levèrent d'un bond, ravis de la balade que leur offrait le grand Américain. Sylvie était occupée avec Marie et Lucette avait décidé de prendre un bain de soleil près de la piscine. Ils s'étaient assis l'un près de l'autre dans la voiture et Arnaud, qui connaissait assez bien Saint-Barthélemy, lui expliquait le paysage, lui parlait de cette centaine de colons Bretons et Normands venus de France, de leurs descendants qui vivaient pauvrement dans les petits villages qu'ils traversaient du produit de leur pêche et d'un modeste artisanat. Claire buvait ses paroles lorsqu'il ajouta :

— Cet après-midi, nous irons faire un tour sur le port de Gustavia. Il n'est pas impossible qu'un de mes amis soit venu charger son bateau avant de retourner à Pointe-à-Pitre.

Sur la pointe à Toiny, Philip avait rendez-vous avec un de ses amis, un architecte américain qui, comme lui, avait choisi de fuir la ville. Tous les jours, il dessinait des villes étranges et belles qui ne seraient jamais construites mais Billy s'en moquait. Ce qui l'intéressait, c'était de créer. Parfois, il allait jusqu'à les réaliser en maquette mais il les détruisait le lendemain, jamais satisfait de son esprit imaginatif.

Quand ils pénétrèrent dans son atelier, Billy était en train de jurer comme un palefrenier. Manifestement, il trouvait détestable l'ébauche qu'il était en train de réaliser.

Son visage s'éclaira en voyant apparaître Philip et ses amis.

— Hello, soyez les bienvenus.

Contrairement à Philip, il parlait le français avec un effroyable accent américain.

— Candice, brama-t-il, apporte-nous quelque chose à boire.

Près de ce géant barbu qui remplissait à lui seul la pièce, Candice paraissait toute frêle. Mais ce n'était qu'une apparence. Elle veillait jalousement sur son génie de mari et l'on sentait que ces deux êtres ne pourraient jamais vivre séparés l'un de l'autre.

Candice apporta des verres et servit le punch traditionnel tandis que Billy vidait d'un trait une bouteille de bière. Rendue prudente par ses expériences précédentes, Claire trempa à peine ses lèvres dans le breuvage que lui tendait la jeune femme. Billy avait posé un de ses battoirs sur l'épaule d'Arnaud.

— Venez voir, grinça-t-il. Vous allez me dire ce que vous en pensez. Moi, je ne suis pas content du tout.

L'ébauche pourtant était belle. Billy avait dessiné une colline et dans le dessin à première vue touffu qui s'offrait à son regard, il ne distingua pas tout d'abord les maisons d'habitation. Billy les avaient artistiquement fondues dans le paysage qui conservait ainsi sa beauté, son intégrité.

— Je trouve cela très beau, murmura Arnaud. Que lui reprochez-vous?

— La lumière, grogna Billy, on n'aura pas assez de lumière. C'est elle qui donne à l'architecture sa forme, sa vie, qui lui permet d'enrichir l'environnement. C'est elle qui constitue un juge permanent. Et le juge « lumière » me dit que j'ai raté mon esquisse, ajouta-t-il piteusement.

Claire, Philip et Arnaud éclatèrent de rire en

voyant l'air renfrogné de Billy qui céda à son tour à l'hilarité générale.

— Allons, oublions tout cela, je recommencerai demain.

Il engloutit une nouvelle bouteille de bière pour se consoler puis lança :

— Vous restez pour déjeuner bien sûr.

Ils protestèrent. Sylvie et des amis les attendaient mais comme Candice et lui insistaient pour les avoir, ils promirent de venir dîner.

— Parfait, dit Billy dans un gros rire. Nous allons faire une grande fête ce soir. Ne manquez surtout pas d'y emmener tous vos amis.

Ils promirent et remontèrent dans le petit bus.

— C'est ce que l'on appelle une santé, dit Philip avec admiration. Il boit facilement trente à quarante bières par jour mais je ne l'ai jamais vu saoul. Je ne sais pas comment il fait pour tenir.

Il mit le moteur en marche et embraya.

Une demi-heure plus tard, ils étaient de retour à l'hôtel et retrouvaient Lucette près de la piscine. Vingt minutes pile, vingt minutes face, sa peau avait pris des couleurs et jugeant que c'en était assez pour ce matin, elle plongea dans la piscine bientôt rejointe par Claire et Arnaud. Ce dernier regardait avec une admiration qu'il ne cherchait pas à dissimuler la silhouette de Claire. Elle croisa son regard et, pour dissimuler la gêne qui l'envahissait, elle s'allongea sur un transat.

Arnaud vint s'asseoir près d'elle.

— Parlez-moi de vous, dit-il.

Elle fut interdite.

— Que voulez-vous que je vous dise? Voyons...

J'ai le caractère emporté, dit-elle avec malice mais vous le savez aussi bien que moi. J'aime le gâteau au chocolat et j'ai une passion pour la mer. Vous êtes satisfait?

Ils rirent tous les deux.

— Pardonnez-moi, dit-il un peu confus. Ma question était idiote. Mais je ne suis pas loin de partager votre amour pour les grands espaces... et pour le gâteau au chocolat.

— Et vous, interrogea-t-elle. A votre tour de répondre à mes questions. Votre métier tout d'abord?

Son visage devint sérieux.

— J'aime ce métier, répondit-il simplement. Avant tout parce que pour l'exercer, il faut éprouver une passion et je vous rappelle mon goût pour les grands espaces. J'aurais détesté être fonctionnaire et le métier de pilote n'est absolument pas fait pour les fonctionnaires. Bien entendu, travailler dans une compagnie aérienne implique par la force des choses que l'on est soumis à des règlements impératifs. Mais l'initiative n'est jamais absente et, ajouta-t-il, avant d'assurer la ligne, j'ai été pilote d'essais. Là, c'était davantage la liberté, l'aventure. J'en ai gardé de merveilleux souvenirs. Vous savez, Claire, dans le métier que je fais, rares sont ceux qui n'ont pas vécu, au moins une fois, une aventure extraordinaire.

C'était un nouvel aspect de la personnalité d'Arnaud que Claire était en train de découvrir. Elle se souvenait avec confusion de la première impression qu'elle avait ressentie en faisant sa connaissance; celle d'un homme froid et distant, incapable d'émotion et voilà qu'il lui montrait d'autres facettes. Arnaud rêvant tout haut au souvenir d'aventures qui l'avaient grisé, de chevauchées à bord de prototypes à la mise au point incertaine. Curieux destin que celui de ce pilote fou qui était devenu un commandant de bord précis dont tout le monde s'accordait à reconnaître la compétence et la conscience professionnelle.

Lucette et Sylvie étaient venues les rejoindre.

— Je vous propose de déjeuner au bord de la piscine, dit cette dernière.

Claire alla aider les deux jeunes femmes à dresser la table pendant qu'Arnaud allumait le barbecue sur la terrasse. Lorsque la braise fut suffisante, il plaqua sur la grille les tranches de mérou que Philip venait de lui apporter. Pendant que les deux hommes s'activaient auprès du feu, Claire qui avait regagné son transat eut envie tout à coup qu'Arnaud la prenne dans ses bras, qu'il lui dise des choses tendres près de son oreille. Elle tenta d'analyser ce brusque élan qui la faisait brûler les étapes. Etait-ce l'atmosphère amicale qui régnait autour de cette piscine, le plaisir d'être caressée par le soleil dans un décor de rêve? Ou simplement le fait qu'elle sentait grandir l'amour qu'elle éprouvait déjà pour le commandant de bord.

La promenade et le bain dans la piscine avaient aiguisé les appétits et les tranches de mérou, arrosées de citron vert, furent vite avalées. L'heure était douce sous les arbres, chacun rêvassait dans son coin et Claire en profita pour prendre des photographies. Elle voulait à tout prix avoir le portrait d'Arnaud mais pour ne pas donner l'éveil, elle commença par photographier Lucette et Sylvie avant de fixer son objectif sur l'homme qui lui faisait face. Il la regardait en souriant et elle comprit qu'il n'était pas dupe. Il avait noté déjà le changement d'attitude de la jeune fille à son égard et le soin qu'elle prenait à le photographier était une preuve de plus des sentiments qu'elle éprouvait à son égard. Il lui prit l'appareil des mains pour s'en servir à son tour avant que Philip ne les réunît tous les deux sur la même image.

Arnaud se leva.

— Vous venez, demanda-t-il à Claire. Je descends au port pour voir si Jeff est là.

Jeff, lui expliqua-t-il dans la voiture, était un de ses vieux amis pilote d'essais qu'il avait connu à Istres. Un accident l'avait contraint d'abandonner l'aviation et il avait alors totalement changé de vie. Sa passion pour la voile l'avait conduit à acheter un superbe voilier de seize mètres et, un beau jour, il avait dit adieu à la terre de France. Sitôt franchi le détroit de Gibraltar, il avait mis cap ouest en direction des Antilles et depuis trois ans, il sautait d'île en île, faisant du charter lorsque sa bourse était trop plate.

Ils approchèrent du grand free-Shop qui se trouvait sur le port et bientôt, Arnaud reconnut l'homme qu'il cherchait. Dès qu'il les aperçut, Jeff vint à leur rencontre en claudiquant.

— Arnaud, mon vieux, je suis heureux de te voir. Toujours marié avec le manche à balai?

Arnaud fit un signe affirmatif et, attirant Claire par le bras, lui présenta son ami.

— Le meilleur loup de mer des Antilles, dit-il.

Jeff continuait de charger une petite remorque avec les produits qu'il venait d'acheter chez le Chinois. Whisky, cigarettes, rhum, boîtes de beurre et de fromage.

— Tu fais toujours un peu de contrebande, interrogea avec amusement Arnaud.

Jeff posa son doigt sur ses lèvres.

— Pas si fort. Les douaniers sont déchaînés en ce moment, je ne sais pour quelles raisons. Alors garde mes petits secrets. Ce que je viens d'acheter, c'est pour ma consommation personnelle. Et pour la vôtre, si vous venez à bord.

— Justement Jeff. Tu restes longtemps à Saint-Bart?

— Une bonne semaine. J'attends des touristes canadiens dans une huitaine de jours et je vais en profiter pour nettoyer le bateau et faire quelques réglages de voile au large. Cela vous dirait?

Arnaud regarda Claire.

— Qu'en pensez-vous?

— Ce serait merveilleux.

— Eh bien! d'accord capitaine. Es-tu prêt à nous embarquer demain pour la journée?

— Bien sûr. On pourrait aller, disons, à Saint-Martin?

Jeff s'éloigna en tirant sa remorque vers le voilier qu'il avait amarré au quai et les deux jeunes gens reprirent le chemin des Grenadiers.

— On va se tremper dans les Caraïbes, proposa Claire.

— Chiche.

Il arrêta la voiture près de la baie de Saint-Jean et la jeune fille alla se cacher derrière des lataniers pour se changer. Quand elle reparut, il l'attendait en s'ébrouant près du rivage Elle accepta la main qu'il lui tendait pour pénétrer dans l'eau, très grand siècle, comme s'il l'invitait à descendre d'un carrosse.

— Viens, dit-il.

C'était la première fois qu'il la tutoyait et elle fut tout étourdie. Cette intimité soudaine qui s'était créée entre eux lui faisait éprouver une certaine gêne. Tant de choses avaient changé en quarante-huit heures qu'elle avait du mal à faire le point. Tout allait vite, très vite, mais elle se laissait aller sur la pente du bonheur. Elle ne se souvenait pas d'avoir été aussi heureuse. Même Bertrand... Bertrand! Elle l'avait totalement oublié tant l'homme qui était auprès d'elle occupait à présent ses pensées. Dieu sait qu'ils étaient totalement différents l'un de l'autre. L'un était charmant et irrésolu, l'autre était plus mûr et décidé. L'un était un faible, l'autre un gagneur. L'un avait besoin d'être materné, l'autre faisait preuve de caractère. Le cœur de Claire ne balançait plus. Elle était irrésistiblement attirée par le grand gaillard brun qui était soudainement entré dans sa vie comme un soudard et qui faisait preuve à présent d'une extrême délicatesse.

Ils nagèrent longuement dans l'eau limpide qui venait mourir paresseusement sur le sable blanc de la petite plage. Sans dire mot. Les paroles sont inutiles quand deux êtres vivent à l'unisson et il semblait à Claire que leur accord remontait à la nuit des temps. Rien ne venait troubler leur communion et lorsqu'ils sortirent de l'eau, elle lui tendit naturellement la serviette éponge pour qu'il lui séchât le dos.

— Voilà qui nous fait du bien et qui nous prépare à la soirée chez Billy, dit-il amusé.

Elle avait complètement oublié l'invitation de l'architecte.

— Quelle heure est-il, s'inquiéta-t-elle?

— Cinq heures, nous avons tout le temps.

Lorsqu'ils arrivèrent devant la piscine, Lucette était couchée côté pile, poursuivant avec méthode son bronzage. Michel était plongé dans la lecture de Play-Boy et Sylvie essayait tant bien que mal de tricoter.

— Je ne suis décidément pas douée, soupira-t-elle. J'envie celles qui jonglent avec les mailles.

— J'ai organisé une promenade pour demain, annonça Arnaud.

Lucette se redressa :

— Qu'avez-vous manigancé?

— Un voilier nous attendra pour nous emmener vers le large, annonça pompeusement Arnaud. Mal de mer s'abstenir.

Lucette fit un peu la moue, puis elle se décida.

— D'accord, j'en suis.

— Et toi Sylvie, interrogea Claire?

— Philip et moi adorons le bateau. Je ferai les sandwichs.

— Inutile, intervint Arnaud. Jeff aura tout préparé. Pour une fois, vous pourrez vous faire dorloter.

— Ah! le rêve, dit comiquement Sylvie. Je vais enfin être servie.

— Moi aussi, intervint Michel, je suis partant.

— Parfait, dit Arnaud. Tout le monde sur le pont à sept heures du matin.

Combien y avait-il d'invités chez Candice et Billy? Quinze, vingt personnes? Claire ne savait pas au juste. Il faut dire qu'à lui seul, le maître de maison emplissait une pièce et que lorsqu'il intervenait dans la conversation, personne ne pouvait l'ignorer. A son habitude, il avait une bouteille de bière à la main, le temps de la lamper et il attendit que ses hôtes soient tous là pour déchirer l'esquisse qui ne lui plaisait pas.

— La lumière, grogna-t-il, je ne respecte pas assez la lumière.

Tout le monde eut un petit sourire. On connaissait à Saint-Barthélemy les lubies du grand Billy, de même que l'on savait que Candice, qui vénérait son mari et respectait son talent d'architecte, dissimulait soigneusement certains de ses travaux avant qu'il ne les jetât dans la corbeille.

Du punch? Pourquoi pas. Claire était en pleine euphorie. La soirée s'annonçait agréable, la journée du lendemain merveilleuse. Arnaud était très attentionné et elle se souvenait avec émotion du tutoiement, tout à l'heure, pendant qu'ils prenaient un bain dans la baie de Saint-Jean. Arnaud? Il était là, non loin d'elle, bavardant avec Billy qui était ravi d'avoir un interlocuteur avec lequel il pouvait évoquer l'espace-lumière. Lucette, pour sa part, s'était enfoncée dans un rocking-chair en évitant de trop remuer pour ne pas aviver ses coups de soleil. Dans un coin de la pièce, Sylvie donnait tout naturellement le sein à Marie.

Jeff aussi était là. Il était, ce qu'ignorait Arnaud, une vieille connaissance de Billy et le navigateur racontait à Candice ses exploits du temps où il caracolait dans le ciel à bord d'un prototype.

Claire ferma les yeux pour mieux savourer la minute présente. Le bonheur existait donc? Il pouvait être aussi fort, emplir son cœur d'une joie sans mélange? La tête lui tournait légèrement mais elle n'en n'avait cure. Ce soir, c'était vraiment la fête, comme avait dit Billy, et tout était réuni pour qu'elle soit vraiment totale.

Ils mangèrent des grosses crevettes avec les doigts avant d'attaquer les crabes farcis que Candice était naturellement aller chercher chez maman Tounou. Billy, le bon géant, allait et venait parmi ses invités pour leur proposer à boire tandis que Candice s'affairait auprès du four pour préparer les brochettes d'agneau.

Claire n'avait plus faim. Elle désirait prendre un peu l'air et elle fut reconnaissante à Arnaud d'avoir deviné son désir.

Il la prit par le bras et ils s'éloignèrent dans le jardin tropical entretenu soigneusement par Candice.

— Viens petite, lui dit-il en la tutoyant à nouveau.

La chose lui paraissait à présent tout à fait naturelle. Ils s'éloignèrent dans le chemin sans se soucier désormais du qu'en-dira-t-on. De toute manière, le punch commençait à faire de l'effet auprès des autres invités. Lucette, assommée par le soleil de la journée et par la boisson, était prise d'une douce torpeur.

Arnaud arrêta Claire et la regarda intensément.

— Que nous arrive-t-il, murmura doucement le commandant de bord.

Elle ne sut que répondre. Son visage était

éloquent. Alors, il posa délicatement sa main sur son épaule et l'attira doucement à lui. Sa joue vint s'appuyer sur son épaule tout naturellement et elle entendit enfin les mots tendres qu'elle attendait avec une impatience grandissante.

— Claire ma chérie, disait-il, je rêve à ce moment depuis que je t'ai vue à Roissy, quand je t'ai commandé sèchement de venir me voir dans la cabine de pilotage. Pardonne mon attitude stupide, mais je voulais réagir, ne pas céder aux sentiments que j'éprouvais déjà pour toi. Me pardonneras-tu jamais de t'avoir rudoyée?

Pour toute réponse, elle appuya plus fort sa joue contre l'épaule de l'homme qui la tenait dans ses bras.

— Laisse-moi te dire ma chérie combien je te trouve belle, combien tu me plais, combien j'éprouve de la joie à te tenir dans mes bras. Jamais je n'ai connu un semblable bonheur.

Elle s'écarta.

— Pourtant commença-t-elle...

— Pourtant?

Elle prit son courage à deux mains.

— Pourquoi devrais-je vous croire? Vous avez la réputation d'être un coureur.

Il eut un petit sourire.

— C'est vrai Claire, mais je ne vous connaissais pas. Je suis moi-même surpris des sentiments que j'éprouve à votre égard. Cela ne m'est effectivement pas habituel je vous l'affirme. Je vous le répète, j'ai été attiré par vous dès que je vous ai aperçue à Roissy mais je crois que j'ai commencé à vous aimer dans le salon du 747, pendant que l'on s'expliquait avec Mme de Larjac. En vous voyant si indignée, si volontaire, si belle dans votre colère, j'ai eu peut-être ce que l'on appelle le coup de foudre. Ecouter Mme de Larjac m'était insupportable et j'avais envie de voler à votre secours. Mais cela n'était alors pas possible. Ce que je voulais déjà vous dire, je vous le dis maintenant. Claire, je vous aime. Je t'aime, ajouta-t-il en recommençant à la tutoyer.

Il la tint à bout de bras et la scruta avec inquiétude.

— Et toi Claire, rassure-moi.

Elle eut un joli sourire avant de replonger dans ses bras.

— Mon chéri, murmura-t-elle. Depuis deux jours, je t'attends avec impatience, depuis que je sais que tu dois venir. Ce matin, je suis allée en tremblant à l'aéroport, craignant que tu aies renoncé à faire le voyage à la suite de notre dispute à Pointe-à-Pitre. Quand je t'ai aperçu, je n'ai été qu'en partie rassurée car j'ignorais quels étaient tes sentiments à mon égard. Et maintenant...

— Et maintenant, interrogea-t-il avec anxiété.

— Et maintenant, je suis tranquille, je suis bien, dit-elle doucement.

A nouveau, il l'attira vers lui et leurs visages se rapprochèrent. Elle attendait ce baiser avec impatience et lorsqu'il posa ses lèvres sur les siennes, elle fut étourdie de bonheur. Arnaud, Arnaud, elle ne se lassait pas de dire son prénom alors que, tendrement enlacés, ils se promenaient lentement dans les allées du jardin. De la maison leur parvenaient des rires et le son de la grosse voix de Billy lancé dans une philippique contre les architectes qui avaient trouvé leur diplôme dans une pochette surprise.

— Arnaud, dit-elle, je suis profondément heureuse.

Son bras l'enveloppa encore plus tendrement et lorsqu'ils retournèrent dans le living-room, les autres devinèrent qu'il y avait quelque chose de changé. Le visage de Claire était radieux, celui d'Arnaud reflétait un bonheur paisible. Tous deux semblaient venir d'un autre monde et leur connivence était tellement évidente que tout le monde comprit que ces deux êtres venaient d'avoir la révélation de l'amour.

6

Il n'était pas loin de sept heures trente lorsque le minibus se rangea le long du quai. Jeff les attendait sur son bateau et il les accueillit d'une voix amène.

— Alors, prêts à prendre la mer?

Ils avaient tous la mine un peu chiffonnée de ceux qui se sont couchés tard et, Lucette surtout, semblait dormir debout. Le café qu'elle avait ingurgité par grandes tasses n'avait pas encore fait son effet. Claire résistait à une immense envie de bâiller. Seuls Philip et Arnaud paraissaient en forme. Ils allèrent chercher de la glace chez le Chinois pendant que Jeff hissait la grand-voile et la bordait à l'aide du winch. Une légère brise s'était levée qui promettait de prendre un peu de force au large et le navigateur paraissait satisfait.

— On met le moteur, interrogea ingénument Philip?

Jeff le regarda avec désapprobation et Arnaud intervint.

— Jeff oublie volontiers qu'il possède un moteur de secours à bord. Vous allez assister à un magnifique départ à la voile.

De fait, une fois que tout le monde eut embarqué à bord du Grand Victor, Jeff demanda à Philip de monter également le génois pendant qu'il s'installait à la barre. Arnaud leva l'ancre et le grand voilier entreprit de quitter la rade de Gustavia, profondément enfoncée dans les terres. Quand ils eurent doublé les Ilettes, le large s'offrit à eux. Engoncés dans des gros pull-overs de marins car l'air était encore frais, ils regardaient les tuiles rouges de Gustavia s'effacer à l'horizon sans dire mot. L'heure était au silence. On entendait seulement le cri des mouettes et le bruit que faisait l'étrave en déchirant les flots. La brise était bien installée, une brise trois quarts arrière qui gonflait parfaitement les voiles et Jeff décida de mettre le spinnaker. Avec l'aide d'Arnaud, il hissa le ballon pendant que Philip maintenait le cap et bientôt le Grand Victor prit de la vitesse. Le ciel, la mer, étaient à eux.

Les trois femmes s'étaient allongées sur le pont pour offrir moins de prise au vent et pour profiter au maximum du soleil qui commençait à piquer les épidermes. Bientôt, tout le monde put se séparer des chandails et c'est le moment que choisit Jeff pour leur proposer un petit déjeuner de marin.

Il avait plongé dans la cabine et sur la table de carré, il avait disposé des boîtes de hareng, du saucisson, du gros pain, du vin rouge. L'eau pour le café chauffait dans la bouilloire. Quand tout fut prêt, il actionna la sirène.

— A table, cria-t-il.

Il alla remplacer Philip à la barre tandis que ses hôtes s'installaient sur les couchettes transformées en siège. Les femmes firent un peu la grimace en apercevant les harengs. Mais bien vite, la faim aidant, tout le monde fit honneur au repas frugal préparé par Jeff.

La mer avait pris de l'ampleur. Le bateau tanguait de plus en plus et Jeff entreprit de descendre le spinnaker.

— Je crois que je serai mieux sur le pont, dit pudiquement Lucette, aussitôt imitée par Sylvie et Claire. Un dernier verre de vin rouge et Philip et Arnaud se sentirent d'attaque. Le commandant de bord alla rejoindre Claire qui s'était allongée à l'avant. Elle l'accueillit avec un tendre sourire.

— Tout va bien? interrogea-t-il.

Elle fit oui de la tête et posa sa main sur la sienne.

— Quand nous quittez-vous? demanda-t-elle. Le plus tard possible j'espère.

— Cela dépend bien sûr de l'équipe que Paris a envoyé à Pointe-à-Pitre. Il y avait des pièces à changer qui ont dû arriver ce matin à bord de l'avion régulier. Nous en avons bien encore pour trois jours de vacances forcées, ajouta-t-il pour la taquiner.

— Arnaud, nous avons trois jours pour mieux nous connaître. C'est merveilleux.

Mais un sentiment d'inquiétude la fit se dresser.

— Et ensuite? Qu'allons-nous faire? Une fois que vous aurez quitté Saint-Barthélemy, penserez-vous encore à moi?

Il la rassura.

— Claire ma chérie, croyez-vous que vous soyez une jeune fille que l'on peut facilement oublier? Je vous le répète. Vous m'avez troublé dès que je vous ai aperçue à Roissy-en-France et depuis...

— Mais...

— Non, non, Claire, laissez-moi terminer. Les sentiments que j'ai pour vous, je ne les ai éprouvés pour aucune femme. Grâce à vous, je découvre un monde nouveau. Vous n'êtes pas pour moi une passade, je vous respecte profondément autant que je vous aime. J'ai longuement réfléchi à nous deux cette nuit et croyez-moi, je ne vous veux que du bien.

— C'est vrai mon chéri...

La voix était faible. L'émotion étreignait Claire qui se sentait au bord des larmes.

Il dit avec fermeté.

— C'est vrai Claire, sois rassurée.

Elle ferma les yeux pour savourer sa joie. Ainsi, le sort était jeté, un sort merveilleux. Elle se souvenait d'une rengaine, « J'ai trouvé l'homme de ma vie ». La voix qui la chantait était joyeuse, triomphante, et Claire se sentait triomphante. Le destin avait donc voulu qu'elle rencontrât l'homme avec lequel elle désirait par-dessus tout partager les joies et les tristesses de l'existence. Mais aujourd'hui, elle ne voulait connaître que les joies, n'imaginer que ce qui était amour, ne penser qu'à la présence de cet homme tranquille et fort qui saurait la protéger. Et puis, peut-être bientôt, la présence d'une petite fille à l'image de cette petite Marie dont c'était la première sortie sur l'océan et qui, dans son hamac, semblait s'accommoder parfaitement de la houle qui imprimait au Grand Victor un mouvement d'ascenseur.

Soudain ragaillardie par le grand air, Lucette s'approcha du couple.

— Eh bien! les amoureux, dit-elle malicieusement. On complote?

Ils l'accueillirent avec un sourire. Le bonheur de Claire était tellement apparent que Lucette ne put résister à l'envie d'embrasser son amie.

— Je suis si heureuse pour toi, souffla-t-elle à son oreille.

Claire la remercia d'une pression de la main. Mais Jeff hélait Arnaud.

— Viens me remplacer à la barre. On va voir si tu te débrouilles aussi bien qu'avec un manche à balai. Il faut que je prépare le déjeuner.

Pendant qu'Arnaud s'installait aux commandes, il tira sur un bout de corde qui traînait dans la mer. Tout au bout, il y avait un casier dans lequel s'ébattaient trois superbes langoustes brunes. Avec dextérité, il les coupa, encore vivantes, en gros dés qu'il jeta ensuite dans un petit chaudron dans lequel chauffait de l'huile d'olive. Quelques herbes et un peu d'ail, et le tour était joué.
Il recouvrit le chaudron.

— Il n'y a plus qu'à laisser mijoter, dit-il d'un air satisfait.

Bientôt, une bonne odeur se répandit dans le carré et les effluves allèrent chatouiller les narines de ses passagers qui se prélassaient sur le pont. Il sortit alors de la glacière les bouteilles de rosé colombien qu'il avait achetées le matin même au comptoir du port et qui étaient parfaitement glacées. Sylvie et Claire, pendant ce temps, s'affairaient à mettre le couvert.

— On va descendre un peu de toile pour déjeuner tranquillement, commanda Jeff.

Ils firent tomber la grand-voile et s'installèrent autour de la table. Arnaud était resté à la barre et Claire lui apporta une assiette et un verre. Il la remercia d'un sourire et entreprit à son tour de dévorer sa part de langouste. Tous les convives votèrent une motion de félicitations au cuisinier mais ce dernier eut soudain l'air inquiet.

— Le vent a forci, dit-il.

Il consulta le baromètre qui était dans la cuisine et grimpa aussitôt sur le pont. Il scruta l'horizon un long moment avant de s'approcher d'Arnaud.

— C'est mauvais devant, dit-il simplement.

— Que se passe-t-il, interrogea Arnaud?

— Rassure-toi, ce n'est pas un ouragan qui nous arrive dessus. J'aurais refusé de quitter Saint-Barthélemy si cela avait été le cas. Mais on va tout de même avoir un peu de mauvais temps et je crains que nos passagers ne soient pas très expérimentés. Nous irons à Saint-Martin une autre fois. Pour l'instant, il vaut mieux rebrousser chemin.

De fait, le vent fraîchissait et la mer devenait plus forte. Il vira de bord.

— Montez vite la grand-voile mais pas jusqu'en haut, nous allons prendre un ris pour diminuer sa surface. Sinon je ne vais pas pouvoir tenir le bateau.

Dans le vent qui commençait à bien souffler, Arnaud et Philip s'escrimèrent. Les trois jeunes femmes, inquiètes, s'étaient rapprochées du barreur.

— C'est dangereux, demanda Lucette d'un ton angoissé?

Jeff se voulut rassurant.

— Pas si vous êtes bien sages, affecta-t-il de plaisanter. Mais il ne faut jamais être insouciant en mer, surtout dans les Caraïbes. Aussi, je préfère prendre mes précautions.

Il regarda avec attention la voile et eut l'air satisfait. Manifestement, elle était bien bordée.

— Allez vous habiller soigneusement, conseilla-t-il aux trois passagères. Mettez des gros tricots et des cirés. Car nous allons sûrement nous faire mouiller. Ensuite, vous resterez sagement dans la cabine, même si vous avez le mal de mer. Je ne veux pas que l'une d'entre vous disparaisse par-dessus bord. Arnaud et Philip me donneront un coup de main.

Elles descendirent dans le carré et Jeff se cala soigneusement contre la barre. Le vent avait beaucoup forci, un vent de force 9 à 10, lut-il sur l'anémomètre. La mer grossissait. Mais Jeff paraissait parfaitement à son aise et maintenait d'une main ferme le fin voilier qui filait ses quinze nœuds au portant.

— On va essayer de s'éloigner le plus vite possible, cria-t-il à Arnaud.

Il jura. Une vague, plus forte que les autres, s'était écrasée avec violence contre la coque et avait noyé le fourneau de sa pipe.

— Avec le vent arrière qui nous pousse, on devrait pouvoir tenir cette vitesse. Dans deux heures, deux heures trente au plus tard, on devrait être en vue de Saint-Barthélemy.

Arnaud, se tenant soigneusement aux filières, s'approcha de la cabine pour rassurer les trois jeunes femmes qui n'en menaient pas large. C'est alors qu'il entendit un hurlement de Jeff.

— Arnaud, vite nom de Dieu, vite ou on est foutus.

Arnaud tourna la tête et comprit tout de suite. L'écoute du génois s'était détachée et battait violemment au vent comme un fouet.

— Dépêche-toi, bon sang, il faut absolument l'attacher. Sinon, on va avoir des ennuis. Mais accroche-toi, avec un bout.

A l'avant du bateau, le génois était comme fou. Le vent s'engouffrait dans cette proie facile et malgré la solidité du nylon, la voile n'allait pas tarder à se déchirer. S'arc-boutant, Arnaud tendit la main pour saisir l'écoute et c'est alors qu'il ressentit une violente douleur qui manqua le faire s'évanouir. La corde avait claqué et lui avait déchiré la poitrine. Comme une brûlure. Mais Arnaud ne s'attarda pas à regarder la plaie. Il fit une nouvelle tentative et réussit enfin à saisir l'écoute. Soigneusement, il l'attacha à nouveau et borda le génois. Ce n'est que lorsqu'il fut assuré que le travail était bien fait qu'il songea à regagner la poupe du bateau. Sur vingt-cinq centimètres, la peau était profondément arrachée et le sang commençait à couler.

Jeff regarda la plaie.

— Verse du whisky dessus et mets un pansement, conseilla-t-il. Tu trouveras tout ce qu'il faut dans le carré.

Arnaud ouvrit la porte de la cabine. Les trois jeunes femmes s'étaient allongées sur les couchettes et Claire poussa un cri en voyant le sang sur la poitrine d'Arnaud.

— Mon chéri, que t'est-il arrivé.

Il lui expliqua rapidement. Reprenant son sang-froid, elle saisit la bouteille de Johnny Walker comme il lui conseillait de le faire et en versa sur la déchirure. Arnaud ressentit une brûlure intense et, pour se remettre de ses émotions, but une gorgée au goulot. Le liquide lui fit le plus grand bien. Claire, pendant ce temps, avait préparé un pansement qu'elle plaqua sur la blessure.

— Merci petite infirmière, murmura-t-il en l'embrassant sur le front.

Elle parvint à sourire en dépit de son inquiétude.

— Tu n'as pas trop mal, dit-elle en le tutoyant à nouveau.

Il la rassura.

— Cela va passer.

De la couchette, la voix de Lucette s'éleva. Un peu traînante.

— Nous arrivons bientôt, interrogea-t-elle?

— Jeff a bon espoir d'apercevoir Gustavia dans une demi-heure, répondit Arnaud. Le vent a tout de même un peu baissé depuis tout à l'heure. Heureusement qu'il a eu le flair de faire demi-tour à temps.

— On s'en souviendra de cette promenade en bateau, grogna Lucette. Dire que je pensais prendre un bain de soleil. Je crois que c'est raté.

Il remonta sur le pont et rejoignit Jeff. Ce dernier lui désigna l'anémomètre. La force du vent oscillait entre 6 et 7. Tout risque était désormais écarté.

— Cela ne te fait pas trop mal, interrogea-t-il en désignant la poitrine d'Arnaud?

— Bof, c'est très supportable. Mais les femmes

commencent à en avoir un peu assez dans leur cabine. Tu penses qu'on va arriver bientôt? Je leur ai promis qu'on serait à quai dans une demi-heure.

Jeff sourit.

— Je crois que tu t'es un peu avancé. Mais on ne devrait pas tarder à apercevoir Saint-Barthélemy. Dans trois quarts d'heure au plus, nous serons dans les eaux calmes de la rade et elles pourront sortir pour prendre un peu l'air.

Il attaqua un bout de saucisson qu'il partagea avec Arnaud et Philip qui avait essuyé la petite tempête avec un calme olympien.

Bientôt, les collines de Saint-Barthélemy furent en vue et le Grand Victor pénétra dans la rade. Les trois jeunes femmes étaient remontées sur le pont et Claire s'était blottie dans les bras d'Arnaud.

— Vous vous êtes bien comportée, je suis fier de vous, lui dit-il.

— J'aime la mer, répondit-elle. J'aime ce qu'elle a de sauvage, d'indompté. Elle me fait un peu peur lorsqu'elle se met en colère mais dans le même temps, elle me fascine. N'oublie pas que je suis d'origine bretonne, ajouta-t-elle et quand je vais dans le Finistère, j'adore me rendre à la pointe du Raz, en face de l'île de Sein. Surtout en hiver quand la mer est déchaînée.

— Tu aimes la fureur? Cela ne m'étonne pas que tu aies le caractère emporté, dit-il pour la taquiner.

— Oh non, répondit-elle, je n'aime pas la fureur. J'aime la douceur, la tendresse Je trouve de la beauté à une mer déchaînée un point c'est tout. Car j'ai besoin d'être aimée, protégée. J'admire l'indépendance dont font preuve les éléments mais en fait, ajouta-t-elle avec un petit rire j'aime me sentir en sécurité. Ce qui est à présent le cas.

Jeff avait fait descendre le génois et le Grand Victor se dirigeait tranquillement vers le quai. Quelques minutes plus tard, Philip jetait l'ancre et ils retrouvèrent avec plaisir la terre ferme, Lucette et Sylvie surtout, qui avaient été quelque peu chahutées durant le voyage et qui ne cachaient pas le plaisir qu'elles éprouvaient d'arpenter le bitume. Les autres, pendant ce temps, étalaient les voiles sur le quai pour les laver soigneusement à l'aide d'un jet d'eau.

Jeff s'approcha de Claire.

— Pas trop déçue, demanda-t-il?

— Non bien sûr, s'écria-t-elle. Je ne dis pas que je n'ai pas eu un moment d'inquiétude mais tout cela est oublié. En revanche, j'ai eu peur pour Arnaud, ajouta-t-elle en désignant la blessure.

— Bah, c'est un garçon solide, répondit Jeff. Soignez-le bien et dans quelques jours il n'y paraîtra plus.

Ils montèrent dans le minibus après avoir fait promettre à Jeff de venir les retrouver le soir même aux Grenadiers. Philip chantonnait doucement au volant une folksong tandis que Lucette, qui avait retrouvé tous ses esprits depuis qu'elle était revenue sur la terre ferme, babillait avec Claire.

— Qui eût cru, commença-t-elle.

Et comme Claire l'interrogeait du regard :

— Qui eût cru qu'Arnaud et toi vous tomberiez amoureux l'un de l'autre. Quand je me souviens de la scène à bord du 747 et de votre bagarre lors du dîner à Saint-François!... On croit rêver.

— C'est vrai que tout avait bien mal commencé, dit doucement Claire. Mais tout cela me paraît bien lointain à présent. Il m'aime, il me l'a dit, et je le crois profondément.

— Et toi?

— Je l'aime, dit Claire simplement. Je l'aime à en perdre le souffle. Je ne pensais pas que l'on pouvait éprouver un sentiment aussi fort. J'ai parfois envie de crier ma joie, de le dire à la face du monde.

La Volkswagen s'arrêta devant l'entrée de l'hôtel et la joyeuse bande pénétra dans le hall. Un homme qui attendait près de la fenêtre se précipita vers eux. Apercevant Claire, il lui tendit les bras.

— Claire ma chérie, cria-t-il.

La jeune fille resta interdite, comme clouée au sol, le visage reflétant la stupeur. Elle ne put que balbutier en regardant le garçon qui s'avançait vers elle.

— Bertrand, que fais-tu ici...

Les rires s'étaient tus dans le groupe et chacun regardait alternativement Claire et Arnaud. Le visage du commandant de bord s'était fermé et son regard était devenu glacé. Un peu perdu, Bertrand attendait un geste de Claire. Mais elle n'avait d'yeux que pour Degrave qui reculait lentement vers l'escalier.

— Arnaud, dit-elle, attends-moi, je vais tout t'expliquer.

Il secoua la tête comme groggy. Puis, d'un pas mesuré, il alla décrocher sa clef au tableau et descendit les premières marches.

Elle l'appela encore.

— Arnaud...

Il arrêta sa descente et se retourna lentement, le temps de dire avec calme.

— N'ajoutez rien Claire, au fond, c'est mieux ainsi.

Elle éclata en sanglots. Lucette et Sylvie se précipitèrent pour la consoler tandis que Bertrand restait les bras ballants, ne sachant que dire. Sur son visage, on vit apparaître tour à tour de la douleur puis de la colère. Approchant de Claire, il lui jeta :

— Bravo, je vois que tu n'as pas perdu ton temps. Il a suffi que j'ai le dos tourné. Tu n'es qu'une...

Philip leva son bras et lui mit sa main sur la bouche. Comme l'autre tentait de résister, il le mit en garde.

— Tt, tt, tt, je sens que vous allez dire une sottise cher monsieur. Je vous conseille un peu de prudence.

Bertrand avait réussi à s'arracher à l'étreinte du grand Américain et il continuait d'apostropher Claire.

— Je vous aurai prévenu, dit calmement Philip.

Il lui décocha un direct à la face et Bertrand s'écroula contre le bar. Se tournant alors vers les trois jeunes femmes, Philip lança à leur adresse.

— Je crois qu'il vaut mieux que vous emmeniez Claire dans sa chambre. Je vais essayer de calmer ce monsieur lorsqu'il aura repris ses esprits. Je pense que je n'aurai pas trop de mal.

Pendant que Sylvie et Lucette soutenaient Claire effondrée, Philip remplit soigneusement un verre avec de l'eau fraîche et le lança à la figure de

Bertrand. Ce dernier s'ébroua. L'Américain l'aida à se lever et il le conduisit vers un fauteuil.

— Ecoutez monsieur, moi je ne vous connais pas mais vous êtes chez moi. C'est-à-dire que je vous dois l'hospitalité et je regrette d'avoir été dans l'obligation de vous donner une leçon de boxe. D'un autre côté, cessez d'agir comme un gamin. Alors, nous allons causer gentiment et vous allez soigneusement m'écouter. D'accord?

Bertrand arborait un visage fermé. Il ne prit pas la peine de répondre.

— Il est trois heures de l'après-midi et je ne vais pas vous forcer à chercher une chambre dans tout Saint-Barthélemy. Je vous offre donc l'hospitalité pour cette nuit. Mais à une condition : vous laisserez Claire Ambré tranquille. Vous ne la verrez que si elle veut bien. Si elle refuse, je vous servirai votre dîner dans la chambre. D'accord?

Bertrand voulut protester.

— Je veux voir Claire, s'écria-t-il.

— Seulement si elle le veut bien, répéta fermement Philip.

Ce dernier entendit des pas derrière lui. Il se retourna et aperçut Arnaud qui portait son sac.

— Tu t'en vas, demanda-t-il ennuyé.

Arnaud répondit affirmativement. Son visage était lisse, comme s'il ne s'était rien passé. Il ne jeta même pas un regard en direction de Bertrand qui, lui, le dévorait des yeux.

— Je crois qu'il vaut mieux, répondit-il calmement. J'ai fait simplement une erreur de parcours et il était temps que je m'en aperçoive.

— Tu ne crois pas que tu la juges un peu vite? Tu ne lui as même pas laissé le temps de s'expliquer. Attends un peu, le temps de la revoir. Tu ne peux pas partir comme ça, sans un mot.

Arnaud mit affectueusement sa main sur l'épaule de Philip.

— Allons, dit-il, je sais ce que je fais.

— Mais où vas-tu aller?

— Ne t'en fais pas, je me débrouillerai fort bien. Chez Billy peut-être, ou alors sur le bateau de Jeff. Nous sommes de vieux complices et nous avons des tas de souvenirs en commun. On se rappellera le bon vieux temps.

— Mais comment vas-tu descendre à Saint-Barthélemy?

— La route est toute proche, et je ferai du stop. Le temps qu'il y en ait une qui s'arrête, je marcherai un peu. Cela me fera le plus grand bien. Adieu Philip. Embrasse Sylvie et Lucette de ma part.

La haute silhouette disparut dans la lumière et Philip se tourna vers Bertrand qui attendait sans dire mot.

— Suivez-moi, dit-il avec regret. Je vais vous montrer votre chambre.

Bertrand prit sa valise et monta l'escalier derrière Philip. Arrivé devant la chambre, il demanda.

— Je pourrai la voir?

— C'est elle qui décidera.

Claire était prostrée sur son lit. Près d'elle, Lucette et Sylvie tentaient de la rassurer.

— Tout va s'arranger, disait Lucette. Ne t'en fais donc pas. Arnaud est très orgueilleux mais une fois sa colère passée, il oubliera tout.

Claire secoua la tête. Elle commençait à bien

connaître Degrave et elle se sentit perdue. Il ne lui avait même pas laissé le temps de lui expliquer que Bertrand n'était rien pour elle, que c'était lui, Arnaud qui lui avait révélé ce qu'était le véritable amour, qu'elle n'était pour rien dans cette apparition intempestive qui avait bouleversé leur univers, qu'elle ne pourrait pas vivre sans sa présence.

On frappa un coup discret à la porte. C'était Philip. Claire se dressa.

— Où est Arnaud?

Philip eut un geste désolé. Avec embarras, il ne sut que répondre :

— Il est parti.

— Comme ça, sans dire un mot? dit Sylvie.

Philip hocha la tête l'air navré.

— Il était difficile de le retenir.

— Mais il n'y a pas d'avion avant demain, dit Lucette. On doit pouvoir le retrouver. Vous a-t-il donné une indication?

— Chez Billy ou chez Jeff.

Lucette se leva d'un bond et fit signe à Claire d'en faire autant.

— Allez, viens avec moi. On va le chercher dans Saint-Barthélemy.

— Non, murmura Claire, il ne voudra jamais m'écouter. J'en suis sûre.

— Eh bien! éclata Lucette, je vais y aller toute seule. Et je vais lui dire ce que je pense de son attitude. Tu n'arriveras pas à m'arrêter.

Elle sortit en claquant la porte et ils entendirent qu'elle mettait en marche le moteur de la Mini Moke. Lucette se rendit tout d'abord sur le port pour voir Jeff. Le navigateur était sur le pont du Grand Victor en train de coudre une voile.

Elle courut vers lui.

— Vous n'avez pas vu Arnaud?

Il eut un geste étonné.

— Non. Pourquoi, que se passe-t-il.

— Ce serait trop long à vous raconter, répondit Lucette en grimpant à nouveau dans la voiture.

Elle prit la direction de la pointe de Toiny pour se rendre chez Billy et Candice. Le couple était sur la terrasse en train de prendre le frais. Billy leva sa grande carcasse.

— Hello Lucette, ça fait plaisir de vous voir. Venez vous asseoir.

— Je n'ai pas le temps, répliqua la jeune fille. Je viens juste vous poser une question. Avez-vous vu Arnaud?

Un peu surpris par la question, Billy mit un moment pour répondre.

— Non, pas depuis hier soir. Il y a quelque chose de grave? On peut vous aider?

— Non malheureusement. Tant pis, j'aurai tout essayé.

Elle remonta une fois encore dans la voiture. A présent, il n'était plus besoin de se presser. Où donc avait pu se cacher Arnaud... Tristement, elle reprit le chemin des Grenadiers où l'attendait Claire. Claire à qui elle allait apporter de mauvaises nouvelles. Mais aussi, qu'était donc venu faire Bertrand à Saint-Barthélemy? Comment avait-il donc su où elle se trouvait? Elle tapa avec rage sur le volant.

— C'est trop bête. Ils paraissaient si heureux.

Pendant qu'elle roulait sur la petite route qui la ramenait vers l'hôtel, elle aperçut un petit avion qui s'envolait du mini-aéroport et qui piquait vers le large. A son bord, Arnaud. Il avait décidé un de ses vieux camarades qui faisait de l'avion-école dans les îles d'aller faire une virée à Pointe-à-Pitre.

Les ponts étaient bien coupés.

7

Claire relâcha sa pression sur l'accélérateur de la R 5 et quitta l'autoroute du Sud à Bollène. Elle traversa bientôt Pont-Saint-Esprit et prit la route étroite qui conduisait à Bagnols-sur-Cèze. L'avion de Pointe-à-Pitre l'avait déposée le matin même à Paris et, de là, elle avait emprunté l'Airbus en direction de Lyon où elle était arrivée trois quarts d'heure plus tard. Elle avait loué à Satolas une R 5 TS chez Avis et pris la direction de Bagnols où l'attendait Majou prévenue par télégramme.

Après la scène des Grenadiers, Claire avait interrompu ses vacances à Saint-Barthélemy. Ces jours heureux qu'elle se promettait de vivre s'étaient terminés en catastrophe. Arnaud introuvable, ses amis profondément attristés et Bertrand qui attendait en piaffant dans sa chambre de pouvoir l'approcher.

Philip lui avait fait part du marché qu'il avait mis dans les mains du garçon. Il ne la verrait que si elle le désirait. Claire avait été tentée de refuser mais en définitive, elle avait accepté de le voir pour mettre les choses au point. Prenant sur elle, elle s'était levée et s'était passée de l'eau fraîche sur le visage. Puis, avec résolution, elle avait gagné la chambre de Bertrand.

Ils s'étaient regardés un instant en silence puis Bertrand avait lâché.

— Tu n'avais pas le droit!

Claire le regardait avec mépris.

— Tais-toi Bertrand, tu te conduis comme un enfant gâté. Tu n'oublies qu'une chose, c'est que je ne t'appartiens pas. Un soir, tu m'as rejeté de ton monde une fois pour toutes, sans te soucier du chagrin que je pouvais éprouver. Aussi, je te prie, cesse de me considérer comme si j'étais ta chose. Aurais-tu oublié notre dîner de Versailles il y a quelques mois?

— Mais Claire...

— Et d'abord, pourquoi es-tu ici?

— Parce que je t'aime Claire, je te l'ai dit au téléphone lorsque je t'ai appelée au Méridien à Pointe-à-Pitre. Je ne peux pas vivre sans toi.

— Si je comprends bien, tu as retéléphoné au Méridien et on t'a dit que j'étais partie pour Saint-Barthélemy.

Il fit un signe affirmatif.

— J'ai pris dès le lendemain le Boeing pour la Guadeloupe et au Raizet, j'ai sauté dans un petit avion qui m'a conduit ici. Te retrouver a été facile. Ta beauté ne passe pas inaperçue et on m'a vite dit où tu habitais. Je t'ai attendu toute la journée.

— Que veux-tu?

— Te ramener avec moi.

Elle s'était levée et répondait avec colère.

— Mais il n'en n'est pas question mon pauvre Bertrand. Tu ne comprends décidément rien du tout. Tu n'as donc pas compris que je ne t'aimais pas? Que j'en aimais un autre? Que ta venue ce soir a tout gâché, ajouta-t-elle en sanglotant?

Bertrand était soudainement embarrassé. Mais il avait voulu insister.

— Cela n'est pas possible Claire. Tu ne peux pas avoir oublié Juan-les-Pins, le Cap d'Antibes, nos promenades l'un près de l'autre. Tu m'aimais alors, avoue-le.

— Je le croyais, dit calmement Claire. Je le croyais et lorsque tu m'as signifié la rupture qu'exigeait ta mère, mon univers s'est écroulé. En fait, je ne savais pas encore ce que c'était que l'amour.

Elle avait ajouté doucement :

— Maintenant, je le sais. Pour mon malheur. Et c'est toi qui as fait mon malheur, ajouta-t-elle durement. Tu m'avais rejetée, qu'avais-tu besoin de réapparaître tout à coup à l'autre bout du monde, comme si tu étais en terrrain conquis? Croyais-tu qu'il suffirait de me siffler pour que j'accoure?

— Claire, criait-il, tu ne peux pas...

— Bertrand, puisque tu ne veux pas comprendre, je vais te le répéter : je ne veux plus te voir.

— Claire...

— Non Bertrand, laisse-moi à présent.

Elle avait ouvert la porte.

— J'ai décidé de rentrer à Paris dès demain et nous prendrons sans doute le même avion. Je t'en prie, promets-moi que tu me laisseras tranquille.

Sans attendre, elle était sortie et avait regagné sa chambre. C'était il y a deux jours à peine. Elle avait quitté Sylvie qui avait les larmes aux yeux, embrassé l'oreille de Marie et plaqué deux baisers sur les joues de Philip qui avait du mal à dissimuler son émotion. Le petit Cessna l'avait ramenée à Pointe-à-Pitre et, en passagère, elle s'était embarquée sur l'avion régulier. Sans chercher à s'informer sur ce qu'avait pu devenir Arnaud. Elle savait simplement que la veille, Degrave, Lucette et Michel avaient regagné Paris. Brisée, Claire avait pris l'avion comme dans un rêve, et sur la route de Bagnols, une seule chose comptait. Majou qu'elle allait revoir dans quelques minutes. Majou qui la comprendrait mieux que personne et qui la consolerait. Majou qui la prendrait tendrement dans ses bras pour tenter d'effacer le visage attristé de sa fille et de changer les larmes en rire.

Il faisait beau mais frais. Le mistral qui soufflait avec violence faisait bouger la voiture et le vent lui rappela leur promenade en mer, lorsqu'ils avaient failli être surpris par le mauvais temps. La voile qui avait manqué de se déchirer, l'écoute qui avait cinglé la poitrine d'Arnaud, la plaie qu'elle avait pansé avec amour, l'accord profond qui régnait entre eux jusqu'à leur arrivée aux Grenadiers où Bertrand était apparu; comme un diable surgissant d'une boîte...

Tout cela était déjà très loin. Elle était arrivée à présent à son port d'attache.

Majou la guettait de la fenêtre et elle s'empressa de courir sur la petite place lorsqu'elle aperçut Claire qui arrivait et qui garait sa voiture. Cette dernière ouvrit la portière et sauta au cou de sa mère.

— Ma petite, dit Majou, ma petite. Que je suis

heureuse de te revoir enfin. Cela fait si longtemps que j'attends que tu reviennes chez nous. Heureusement que tu m'as donné souvent de tes nouvelles.

Chez nous. Effectivement, Claire se sentait totalement chez elle, sur cette petite place de Bagnols-sur-Cèze où elle avait vécu son enfance près d'une mère qui l'adorait. Privée du père, elle avait souffert pendant toute cette jeunesse de cette absence et il avait fallu toute l'intelligence de Majou pour compenser ce manque. Aujourd'hui, elle pouvait être fière du résultat. Claire était une jeune fille équilibrée, qui avait su faire preuve d'indépendance. Lorsqu'elle avait formé à 18 ans le projet de devenir hôtesse de l'air, Majou s'était bien gardée de contrecarrer ce projet.

Elle regarda attentivement sa fille, releva la tristesse derrière la joie apparente. L'entrain dont Claire paraissait faire preuve semblait plaqué, sonnait faux. Les yeux étaient gonflés et le regard vert ne rayonnait plus comme avant, lorsqu'elle l'emmenait, alors petite fille, dans une longue promenade le long de la Cèze. Majou devinait ce qui se passait. Claire découvrait à son tour les choses de la vie et, pour l'heure, les chagrins l'emportaient encore sur les joies.

Elle soupira. Il allait lui falloir jouer encore les infirmières du cœur.

Claire retrouva sa chambre avec plaisir. Elle rangea rapidement ses affaires et vint rejoindre Majou qui l'attendait dans le salon et qui se garda bien de l'interroger. Elle connaissait bien sa fille et savait qu'elle ne tarderait pas, d'elle-même, de lui dire ce qui n'allait pas. Mais ce n'est que le soir, alors qu'elles étaient assises devant l'âtre, que Claire se décida à parler.

Assise dans un grand fauteuil, les genoux dans les mains, elle jeta d'un trait en regardant les flammes.

— Cette fois, c'est sérieux Majou. Je suis amoureuse d'un homme merveilleux. C'est un commandant de bord et il s'appelle Arnaud Degrave.

— Alors, tu devrais être heureuse. Or tu sembles terriblement contrariée. Que se passe-t-il?

Claire laissa passer un moment.

— Je n'ai plus de ses nouvelles. Il est parti des Antilles sans même me dire au revoir. Alors même que nous venions de nous avouer notre amour, ajouta-t-elle tristement.

Majou se leva et mit tendrement son bras autour des épaules de sa fille.

— Allons Claire, calme-toi. Et raconte-moi tout si tu veux que je puisse te conseiller. Au départ, il y a tout de même quelque chose de favorable si vous vous aimez. Tu ne le penses pas?

— Tout avait si bien commencé, dit la jeune fille. Il a fallu que Bertrand surgisse et se montre exigeant, comme s'il avait des droits sur moi, après la rupture.

Alors, elle raconta tout, n'omettant aucun détail. Lorsqu'elle eut terminé, elles restèrent longtemps silencieuses. Puis Majou dit à sa fille.

— Je ne crois pas qu'il faille désespérer, Claire. Cet homme est manifestement amoureux de toi.

— Il l'était, rectifia la jeune fille. Mais lorsqu'il a entendu Bertrand m'appeler, son regard est devenu dur. Et j'ai compris que son départ était irrémédiable.

Pendant deux jours, Claire fit mine d'oublier le chagrin qui la rongeait afin de ne pas faire de peine à sa mère qui avait tant de joie à la revoir.

Quand elle retrouva son appartement de la rue de Vaugirard, il y avait une lettre d'Air France dans sa boîte aux lettres. Elle émanait de la direction du personnel d'Air France.

« Mademoiselle,

Vous êtes convoquée lundi 7 février devant la direction du personnel pour affaire vous concernant. »

C'était signé : Jean Duffet.

Elle eut un geste d'étonnement en lisant cette convocation, se demandant ce qu'on pouvait bien lui vouloir. Et puis, elle se souvint qu'il était fortement question de la verser sur l'avion supersonique Concorde. Abandonner le réseau 747, c'était ne plus revoir Arnaud. Devait-elle refuser la proposition? L'accepter ne lui offrait-il pas l'occasion d'oublier à jamais le commandant de bord? N'était-ce pas la solution la plus sage?

Lorsqu'elle se présenta le lendemain au siège d'Air France, square Max-Huymans, Claire était encore indécise. La raison lui commandait de fuir à tout jamais le commandant Degrave mais elle avait du mal à s'y résoudre. Tout était si frais dans sa mémoire, si présent. Se pouvait-il vraiment que l'amour qu'il avait affirmé éprouver pour elle se soit évanoui? Mais alors, pourquoi ce silence. Pas un mot, pas un coup de fil. Non décidément, tout était bien fini entre eux, il fallait qu'elle se fasse à cette idée. Mais pourquoi, pour quelle raison?

Tout cela lui paraissait trop injuste. Pourquoi n'avait-il pas accepté de l'écouter? Pourquoi avait-il fui de la sorte, sans même lui dire adieu?

Claire se présenta chez la secrétaire du directeur du personnel qui la pria d'attendre. Claire n'était pas très rassurée. Jean Duffet n'avait pas la réputation d'être très affable ni très commode et elle se souvenait des plaintes de ses camarades qui avaient eu à faire à lui. Travaillant douze heures par jour, ne vivant que pour la compagnie et pour les soirées mondaines, il était sans pitié pour ceux qui commettaient la moindre erreur. Lorsqu'il la reçut, ce fut d'un ton froid qu'il la pria de s'asseoir.

Il la détailla un instant puis, ajustant ses lunettes, dit d'un ton sec.

— Mademoiselle Ambré, je vous ai convoquée pour faire la lumière sur un grave incident qui s'est produit au cours d'un vol sur Pointe-à-Pitre. Vous en avez été, si j'ose dire, l'un des principaux acteurs. J'ai là, sur mon bureau, la lettre d'une passagère qui se plaint de votre attitude. Vous l'avez, affirme-t-elle, insultée alors qu'elle vous faisait une remarque sur votre façon de vous comporter.

Claire était frappée de stupeur.

— Extrême maladresse, mademoiselle, extrême maladresse, répéta-t-il comme s'il prenait du plaisir à prononcer ces mots. Mme de Larjac est une excellente cliente de la compagnie Air France, une V.I.P. Son mari est l'un des principaux hommes d'affaires de notre pays. Il effectue de nombreux voyages à l'étranger en compagnie de sa femme et ils utilisent naturellement nos lignes. M. de Larjac se rendait en Guadeloupe pour discuter d'un important contrat. L'affaire donc est grave et je ne vous cache pas que j'attache beaucoup d'importance à ce qu'elle soit tirée au clair. Je tiens à m'en occuper personnellement et je mettrai le temps qu'il faut.

Dans son fauteuil, Claire manquait de voix. Ainsi, elle avait osé. Non contente d'avoir volontairement renversé un verre de champagne sur son mari pour la mettre dans l'embarras, non contente d'avoir provoqué ensuite un esclandre et exigé de voir le commandant de bord, elle avait écrit à la direction d'Air France pour se plaindre. Nul doute qu'elle avait fait jouer ses importantes relations au sein de la compagnie.

Elle voulut répondre vertement à Jean Duffet qui la guettait derrière son bureau lorsque lui revint une phrase d'Arnaud : « Tu as le caractère emporté », disait-il. Arnaud... Son visage s'adoucit à cette évocation et un instant, elle faillit céder, sangloter. Mais elle se reprit. Calmement, toisant son interlocuteur, elle répondit à son procureur :

— Je crains que Mme de Larjac n'ait fait une erreur. C'est elle qui est totalement à l'origine de cet incident. Je ne pensais pas, je l'avoue, qu'elle aurait l'audace d'écrire cette lettre pour se plaindre.

Le visage de Jean Duffet restait fermé. Alors, elle décida d'aller plus loin.

— Mme de Larjac est une de ces névrosées comme on en rencontre parfois sur les lignes. Pendant le vol, nous avons essayé de la calmer mais nous n'y sommes pas parvenus.

Le regard de Jean Duffet devint glacial. Il connaissait bien les Larjac pour se rendre parfois à leurs réceptions et il n'admettait pas que cette péronnelle mette en cause une personnalité de cette importance chez qui il avait ses entrées.

— Je regrette cette réponse, mademoiselle Ambré. J'espérais de votre part un peu plus d'humilité ce qui m'aurait permis d'examiner votre cas avec bienveillance. Or, vous vous enfermez dans votre erreur. Je ne vous cache pas que nous attachons beaucoup d'importance à cette affaire et que vous vous êtes placée dans une situation délicate.

Il fit mine d'examiner un dossier sur son bureau. Puis il lança :

— En attendant que j'aie réuni tous les éléments nécessaires à mon enquête, considérez-vous comme mise à pied. Je vous ferai connaître dans une semaine la décision que nous aurons prise.

Il la congédia froidement et Claire se retrouva dans le couloir. Un peu abasourdie. Décidément, elle n'avait que des ennuis. Nul doute que dans huit jours, elle recevrait son avis de licenciement. Tout l'accusait dans cette affaire et sa parole ne pèserait pas lourd face aux accusations de Béatrice de Larjac.

— Eh! bien ma petite Claire, tu as l'air bien triste. Que se passe-t-il.

C'était Michel, le mécanicien, l'ami de toujours. Elle eut la tentation de ne rien lui dire mais, en définitive, elle ne put résister à l'envie de tout lui raconter. Il l'écouta sans dire mot avant de lancer.

— Ma petite Claire, nous avons tous été convoqués à ce sujet.

Tous? Et Arnaud, où était-il? Elle ne se souciait

plus guère des accusations de Béatrice de Larjac et de l'entretien qu'elle venait d'avoir avec Jean Duffet. Michel avait prononcé le nom miracle. Seules lui importaient, à présent, les nouvelles qu'elles pourraient avoir du commandant de bord.

Comme s'il avait deviné ses pensées, Michel secoua la tête.

— Je ne l'ai pas revu depuis notre retour de Pointe-à-Pitre, avoua-t-il. Aux dernières nouvelles, il était en courrier sur Tokyo et je ne sais absolument pas quand il doit rentrer.

Claire baissa la tête. Comme elle eût aimé la présence d'Arnaud en ce moment, alors qu'elle était dans la détresse. Il aurait fait le geste qui l'apaisait, une main sur son épaule en signe de protection.

Elle eut un sourire las.

— Merci pour ta gentillesse Michel.

Il l'arrêta d'un geste.

— Tu sais que Lucette est à Paris. Nous avions formé le projet de t'emmener dîner ce soir. Nous passons te prendre vers huit heures. D'accord?

Bavarder avec ses deux amis lui changerait les idées. Elle accepta.

C'est dans l'après-midi que Jean Duffet reçut Arnaud Degrave, de retour de Tokyo. Rapidement, il le mit au courant de l'affaire.

— Je ne vous cache pas que j'envisage de licencier Mlle Ambré. Son attitude à l'égard de cette passagère que nous connaissons bien a été inqualifiable.

Il observa un temps de silence puis ajouta :

— Mme de Larjac ne semble pas satisfaite

également de votre attitude. Elle vous reproche, lors de l'explication que vous avez eue dans le salon du 747, d'avoir pris la défense de Claire Ambré alors que votre rôle vous imposait de prendre le parti de la passagère.

Le commandant de bord ne bronchait toujours pas.

— Je suis d'ailleurs surpris, ajouta sèchement Jean Duffet, que vous n'ayez pas fait de rapport sur cet incident. Vous n'avez pas manqué d'évoquer longuement l'avarie des réacteurs qui vous a bloqué trois jours aux Antilles mais je ne trouve pas un mot sur la regrettable affaire de la cabine des premières.

Arnaud Degrave le regarda ironiquement et Jean Duffet s'ébroua sur son siège pour dissimuler sa gêne. L'entretien, pensa-t-il, allait se révéler plus difficile que prévu. Il reprit.

— Qu'avez-vous à dire, commandant.

— J'ai à dire, Monsieur Duffet, que la compagnie m'a confié la mission de piloter des avions et non pas de servir de nourrice à des passagers caractériels.

L'attaque était rude. Duffet blêmit.

— Monsieur Degrave, je ne vous permets pas...

— C'est moi qui ne vous permets pas d'ouvrir une enquête pour des faits somme toute sans grande importance, poursuivit paisiblement Degrave. A croire que vous avez des comptes personnels à régler avec Mlle Ambré. Je me suis laissé dire, d'ailleurs, que vous connaissiez très bien Mme de Larjac. Dois-je en conclure que pour des raisons qui paraissent évidentes, vous avez à cœur de trouver avant tout un coupable, Mlle Ambré de préférence, et de la punir?

— Mais...

— Laissez-moi parler à mon tour. Je sais que vous avez déjà eu les témoignages de Michel Laitre, le mécanicien, et de Lucette Granval, l'hôtesse qui aidait Claire Ambré dans la cabine de première classe, poursuivit implacablement Degrave. Ils ont dû vous dire où étaient les responsabilités de l'incident et vous donner des précisions sur l'attitude de Mme de Larjac.

Duffet eut un ricanement.

— Ils ont défendu Mlle Ambré, bien entendu. Mais leur déposition n'est pas valable. L'amitié qu'ils portent tous les deux à l'hôtesse saute aux yeux.

Le ton de Degrave se durcit.

— Et mon témoignage, le prendrez-vous en considération Monsieur Duffet? Dois-je vous le coucher par écrit?

— Qu'avez-vous à dire?

— Depuis le décollage de Roissy, Mme de Larjac a manifestement cherché l'incident et elle s'en est prise à Mlle Ambré par caprice. Cette dernière est totalement innocente et je pèse mes mots.

Jean Duffet parut un instant ébranlé. Mais il ne pouvait perdre la face devant Degrave qui le regardait se débattre avec amusement.

— Je crains de ne pouvoir passer outre les accusations formelles de Mme de Larjac, dit-il.

— Cela suffit, dit sèchement Arnaud Degrave. Puisque vous refusez de voir la vérité en face, lisez ceci.

Il tendit à travers la table le petit mot qu'André

de Larjac lui avait glissé dans la main à l'aéroport de Pointe-à-Pitre. Jean Duffet lut avec stupéfaction les quelques lignes écrites sur une feuille de carnet hâtivement arrachée.

« Commandant, la vérité m'oblige à vous dire que l'hôtesse de l'air n'est pour rien dans l'incident qui a éclaté entre elle et ma femme. Cette dernière est entièrement fautive et la justice me commandait de vous le préciser. André de Larjac ».

— Alors, interrogea Degrave, êtes-vous à présent convaincu que Mme de Larjac est une caractérielle? A moins que vous ne mettiez également en doute la parole de M. de Larjac.

Jean Duffet bredouilla. Arnaud leva sa grande carcasse et lança avant de quitter le bureau.

— Sachez Monsieur Duffet que je possède une photocopie de ce billet. Si vous prenez une sanction contre Mlle Ambré en dépit des preuves de son innocence que je vous apporte, je ne manquerai pas de la faire circuler dans la compagnie. Au revoir Monsieur.

Atterré, Jean Duffet resta sans voix. Voilà qu'il était placé dans une situation bien délicate. Il ne voyait pas comment s'y prendre pour annoncer à Béatrice de Larjac qu'il était dans l'impossibilité de prendre une sanction à l'encontre de Claire Ambré... sans mettre en cause son propre mari.

8

André de Larjac travaillait dans son bureau de l'avenue d'Iéna lorsqu'il fut alerté par l'interphone.

— M. Duffet, directeur à Air France, vous demande au téléphone, l'informa sa secrétaire.

André de Larjac fut intrigué, il se demanda ce que lui voulait Duffet qu'il connaissait un peu pour l'avoir aperçu aux réceptions que donnait sa femme.

— Passez-le-moi.

La voix de Duffet était très embarrassée.

— Je regrette de vous déranger, Monsieur de Larjac, mais je suis placé devant un dilemme. Vous n'ignorez pas, sans doute, que Mme de Larjac m'a écrit pour relater un incident pénible qui s'est déroulé à bord de l'avion qui vous emmenait à Pointe-à-Pitre. Elle se plaignait de l'attitude d'une hôtesse...

— Comment!

André de Larjac était rouge de colère. Il faillit exploser mais réussit à se ressaisir.

— Poursuivez, dit-il.

— Je suis très embarrassé, poursuivait piteusement Jean Duffet, réalisant que son interlocuteur n'était pas au courant de l'initiative de sa femme.

Car j'ai mené ma petite enquête auprès de l'équipage me fondant sur les accusations de Mme de Larjac. C'est alors que le commandant de bord m'a confié votre petit mot qui innocente Mlle Claire Ambré. Aussi, je voulais vous demander votre avis.

— Que je sache, je vous l'ai déjà donné, répondit sèchement André de Larjac. Vous disposez de mon témoignage puisque vous êtes en possession de mon billet.

— Ainsi Claire Ambré...

— Est totalement innocente et je ne saurais trop vous recommander de laisser tomber cette affaire. Elle n'est pour rien dans cet incident.

— Que dois-je répondre à Mme de Larjac?

La voix de Jean Duffet devenait suppliante.

— Je m'en occupe, répondit Larjac. Je réglerai cette affaire avec elle. De toute manière, considérez sa lettre comme nulle et non avenue. Au revoir monsieur.

A peine raccroché, il demanda à sa secrétaire d'appeler son domicile. Il eut sa femme au bout du fil.

— Béatrice? Je ne sais si nous devons dîner en ville ce soir mais je souhaite m'entretenir avec toi. Je serai à la maison à sept heures.

Au valet de chambre qui lui ouvrait la porte, il demanda à peine arrivé :

— Où est Madame?

— Elle vous attend dans le petit salon.

André de Larjac pénétra dans la pièce au pas de charge. Sa femme l'attendait assise dans un fauteuil, un peu inquiète par ce rendez-vous inhabituel.

— Que se passe-t-il André?

— Il se passe que tu as eu le toupet d'écrire à Air France pour raconter des sottises. Quelle mouche t'a donc piquée?

— Je n'allais tout de même pas me laisser insulter par cette insolente?

— Crois-tu que j'ai été dupe quand j'ai reçu le contenu d'un verre de champagne sur ma veste? J'ai parfaitement vu ton geste, poussant le bras de l'hôtesse. Je ne sais ce qui t'a pris et je ne veux pas le savoir. Une de tes lubies sans doute.

Elle se dressa, outragée.

— On voit que tu ignores le nom de cette hôtesse. Elle s'appelle Claire Ambré.

— Oui, et alors?

— Eh bien! il s'agit de la jeune fille que Bertrand voulait épouser, nous imposer comme bru.

André de Larjac prit le temps de digérer l'information. Tout s'éclairait à présent.

— Ainsi, tu as voulu te venger de cette jeune fille, dit-il avec mépris. Ce que tu as fait est particulièrement ignoble. Je ne te félicite pas.

— Mais...

— Il n'y a pas de mais qui tienne. Je vais de ce pas envoyer un mot à cette jeune hôtesse pour lui présenter mes excuses, nos excuses.

— André, tu ne peux pas me désavouer.

— Ah tu crois! Estime-toi heureuse que je ne t'oblige pas d'écrire toi-même. Mais je pense que Mlle Ambré ne prendrait pas au sérieux tes regrets. Et elle aurait bien raison.

Avant de sortir, il lança.

— Je ne sais où nous devions dîner ce soir. De

toute manière, je m'en fiche. Tu iras sans moi.

Il claqua la porte derrière lui et se rendit dans son bureau.

Le lendemain, Claire reçut son petit mot que lui apporta un chauffeur. « Mademoiselle, était-il écrit. Je viens vous présenter mes excuses. Une certaine initiative de ma femme, faite à mon insu, a failli vous porter tort. Tout est réparé aujourd'hui. J'ai dit à votre directeur du personnel que vous étiez totalement innocente, témoignage qui a corroboré en tous points ce qu'avait déclaré le commandant de bord de l'avion. Si possible, ne nous en gardez pas trop rancune. André de Larjac. »

De cette lettre, Claire ne retint qu'une chose. Arnaud Degrave avait vu Jean Duffet et l'avait défendue. Elle bondit de joie. Voilà qui lui mettait un peu de baume sur le cœur. Surtout après la mauvaise soirée qu'elle avait passée hier.

Pourtant, Lucette et Michel s'étaient ingéniés à l'égayer. Ils étaient allés dîner dans un restaurant vietnamien de la rue Augereau et, entre les rouleaux de printemps et les boulettes de porc grillées, ils étaient longuement revenus sur l'affaire de Larjac. Indignée, Lucette voulait dès le lendemain forcer la porte de Jean Duffet et Claire avait eu beaucoup de peine à la calmer. Ce qui lui importait davantage, c'était de savoir où était Arnaud. Mais son amie, comme Michel, ignorait la date de son retour.

— Après son départ des Grenadiers, vous vous êtes retrouvés à Pointe-à-Pitre? interrogea Claire.

— Nous nous sommes revus à l'aéroport du Raizet. Il était d'une humeur de chien. Il n'arrêtait pas de houspiller les mécaniciens venus de Paris parce qu'il estimait qu'ils ne réparaient pas les réacteurs assez vite. Il n'a même pas voulu déjeuner avec nous. Dieu merci, la réparation était terminée dans la soirée et nous avons pu rentrer dès le lendemain sur Paris, sans incident cette fois.

— Vous a-t-il parlé de moi.

— Non, répondit Lucette avec regret. Il n'a d'ailleurs pas desserré les dents pendant tout le voyage. Juste pour donner les indications traditionnelles.

— Et toi Michel?

Le mécanicien fit un geste négatif.

Lucette voulut la rassurer.

— Tout s'arrangera ma chérie, je te le promets. Son attitude même pendant ce voyage de retour est la preuve qu'il t'aime toujours. Mais son orgueil est touché et il faut laisser le temps faire son œuvre.

— Merci de me dire cela, murmura Claire. Mais je crains que tout soit fini.

— Qu'en sais-tu, s'exclama Lucette.

— Son départ précipité après l'arrivée de Bertrand aux Grenadiers, son silence sont la preuve qu'en fait Arnaud ne m'aimait pas. J'aurais compris une réaction de colère, sur le moment. Mais depuis, il aurait réfléchi, il m'aurait fait signe.

— Mais il est parti dès son retour des Antilles pour Tokyo, intervint Michel.

— C'est vrai cela, dit Lucette.

Claire parut un instant ébranlée. Mais elle secoua bien vite la tête.

— Non, soupira-t-elle, je n'arrive plus à y croire. Je suis persuadée que lorsqu'il me verra, il me considérera comme une étrangère.

Le souper s'achevait tristement. Mais Lucette et Michel tinrent à raccompagner Claire chez elle et cette dernière qui retardait le moment où elle allait se trouver seule, les invita à boire un verre. Michel, qui devait partir le lendemain pour Rio et Caracas, déclina l'invitation. Claire resta avec Lucette. Elles burent quelques verres de Cointreau et, au bout d'une demi-heure, l'atmosphère s'était détendue. Lucette prit le premier fou rire bientôt suivie par Claire et les deux jeunes filles s'esclaffèrent aux larmes lorsque Lucette singea Mme de Larjac dans sa grande scène du 747. Claire sombra sans difficulté dans un sommeil profond.

Lorsqu'elle se rendit le lendemain à Air France, elle avait une main dans la poche de son tailleur et serrait le petit mot d'André de Larjac qui lui avait redonné de l'espoir. Elle se rendit chez la chef hôtesse pour savoir qu'elle était en définitive sa situation. Cette dernière l'accueillit avec un sourire.

— Bonjour Claire, vos vacances vous ont fait du bien. Vous semblez en pleine forme.

Vacances! Si elle savait...

— Je vous ai inscrite pour un Paris-New York demain matin.

— Mais alors, dit Claire, je ne suis plus mise à pied?

La chef hôtesse parut étonnée.

— Mise à pied? De quoi s'agit-il? Qui vous a parlé de cela?

Claire comprit que Jean Duffet avait décidé d'étouffer totalement l'affaire. Elle répondit par une pirouette.

— Oh! ce sont des amis qui ont dû vouloir me faire une farce. N'y attachez pas d'importance.

— Ah bon, j'aime mieux ça.

Claire traîna un peu dans les étages pour tenter d'en savoir un peu plus sur Arnaud Degrave. Elle eut seulement la confirmation qu'il était rentré la veille de Tokyo mais qu'il ne reparaîtrait pas avant quinze jours car il prenait des vacances. L'espoir né avec le mot d'André de Larjac s'estompa.

C'est sans plaisir qu'elle s'envola le lendemain pour New York. Vol sans histoire. Après les tracasseries habituelles de la police des frontières à l'aéroport Kennedy, Claire monta avec les autres membres de l'équipage dans le minibus qui les conduisit dans un hôtel de la 3e Avenue. Elle connaissait à peine ses collègues mais ils paraissaient sympathiques, notamment le commandant de bord, Jacques Durain, qui l'avait prise sous sa protection.

Ils allèrent tous dîner au Brittany, un petit bistrot breton de la 9e avenue qui préparait un excellent pot-au-feu. Durain, volubile, racontait ses exploits. Ce n'est qu'au dessert, qu'apparemment détachée, Claire osa lui demander s'il connaissait Arnaud Degrave.

— Degrave? Fichtre oui, c'est un sacré pilote, répondit-il. Un jour, il était aux commandes d'une Caravelle il y a bien dix ans de ça. En arrivant à Marseille, les deux moteurs — fait rarissime — tombent en panne. Il prévient la tour de contrôle, sans s'affoler une seconde. Vous pensez, l'ancien pilote d'essais qu'il est en connaît un rayon sur les acrobaties. Il fait donner par l'hôtesse les consignes traditionnelles : « Bien s'attacher, mettre la tête dans les genoux » puis il prend le micro et déclare : « Ne vous en faites pas, tout va bien se passer. » Et il a atterri comme à la parade. L'approche a été magnifique, il a effectué correctement son virage et a posé les roues en début de piste comme il convient. Il a eu du mal à s'arrêter puisqu'il ne pouvait pas inverser les réacteurs, mais sans plus. Les passagers ont applaudi.

Claire buvait ses paroles.

— Il n'y a qu'une chose qui me gêne chez Degrave, poursuivait Durain, c'est sa réserve. Il faut dire qu'après ce qui lui est arrivé...

— Que lui est-il arrivé, interrogea brutalement la jeune fille.

— Vous le connaissez? interrogea-t-il.

— Oui, un peu.

— Une histoire épouvantable, reprit Durain. C'était il y a cinq ou six ans. Degrave était à Montpellier en stage de perfectionnement sur 747. Vous savez ce que c'est : on fait des décollages et des atterrissages toute la journée. C'est fastidieux à la longue mais il faut bien que le métier entre. Montpellier est une jolie ville et l'été on s'y amuse bien parce qu'il y a la mer toute proche. L'hiver, c'est un peu moins drôle. Alors, Degrave a décidé sa femme à le rejoindre avec leur fils.

— Quoi, s'exclama Claire, Arnaud Degrave est marié? Il a un enfant?

La jeune fille était effondrée sur sa chaise. Arnaud marié? Mais alors, les promesses de Saint-Barthélemy, les serments d'amour, toutes les choses tendres qu'il lui avait dites...! Il avait donc menti? Claire sentit les larmes gonfler ses paupières et elle fit un violent effort sur elle-même pour ne rien laisser paraître.

— Non, rectifia Durain, il était marié. Aujourd'hui, il est veuf. La femme de Degrave est donc descendue en voiture pour le rejoindre. C'est à la hauteur de Chalon que s'est produit l'accident. Une roue, sans doute mal serrée, s'est détachée. La voiture a fait des tonneaux avant d'aller s'écraser sur le rail de sécurité. Quand les premiers témoins de l'accident sont arrivés, ils n'ont pu que constater qu'il n'y avait pas de survivants.

— C'est affreux, murmura Claire.

— Depuis, ajouta le commandant de bord, il estime être responsable de cette tragédie pour avoir demandé à sa femme de venir le rejoindre.

— Mais c'est stupide, s'exclama Claire. Il n'y est pour rien.

— Bien sûr. Oh! il n'en parle jamais à personne mais depuis, ce garçon qui était un gai compagnon a beaucoup mûri, il est moins expansif et on le devine également plus sensible.

Claire se mordit les lèvres. Dire qu'elle avait cru pendant un instant qu'Arnaud l'avait trompée... Elle s'expliquait beaucoup mieux à présent son attitude, ses réactions, cette réserve, cette fuite lorsque Bertrand était apparu inopportunément dans le hall des Grenadiers. Le désir de se retirer, de laisser aux autres leur chance, de ne pas s'interposer. Cet homme qui aimait faire la cour aux femmes, jouer au séducteur, savait faire preuve de pudeur lorsque naissaient des sentiments profonds. Cela avait été vrai pour elle et lorsqu'il avait cru que Claire et Bertrand étaient amoureux l'un de l'autre, il s'était effacé, sans réfléchir.

Claire, tout à coup, aima Arnaud de toute son âme. Au désespoir qu'elle avait connu jusqu'ici, succéda dès cet instant une volonté farouche. Celle de le retrouver, de lui dire qu'elle partageait sa peine, de lui faire comprendre à tout prix qu'il n'y avait rien entre Bertrand et elle. Tout à coup, elle jugea que New York se trouvait au bout du monde. Elle eût voulu courir le rejoindre dans sa retraite. Elle ignorait où il se trouvait mais elle remuerait ciel et terre. Oui, mais il fallait attendre le lendemain avant de regagner Paris.

Le dîner, tout à coup, lui parut profondément ennuyeux. Il traînait en longueur. La conversation roulait inévitablement sur la compagnie alors que la jeune fille souhaitait plonger dans ses pensées. Arnaud, Arnaud chéri, se disait-elle, c'est un malentendu qui a surgi entre nous. Arnaud, je t'aime si profondément. Arnaud, je veux faire ma vie avec toi...

Claire refusa d'accompagner ses camarades dans une boîte de Greenwich et se fit déposer à l'hôtel.

Rentrée dans sa chambre, elle s'assit devant le petit bureau et écrivit une courte lettre.

« Arnaud chéri,

Je veux tout de suite vous dire, vous crier que je vous aime. Arnaud, ne jugez pas trop vite votre petite Claire poursuivie par un amoureux éconduit. C'est vous, et vous seul qui occupez mes pensées. Arnaud, ne vous éloignez pas de moi. Je sais que vous avez besoin de ma tendresse comme j'ai besoin de la vôtre. Arnaud, répondez-moi.

« Votre Claire. »

Où l'envoyer? Elle ne connaissait pas hélas son

adresse et se résigna à l'expédier à Air France. La lettre une fois cachetée, elle descendit dans le hall de l'hôtel pour la mettre dans la boîte et croisa les doigts dans son dos pour appeler la chance. Elle avait un peu l'impression d'avoir jeté à la mer une bouteille renfermant un message. Sans doute arriverait-il à son destinataire... Oui, mais quand? Arnaud ne le recevrait-il pas trop tard?

Elle remonta se coucher et tenta de prendre du repos mais son sommeil fut agité. Un cauchemar. La scène se passait encore une fois sur un bateau. Arnaud était à la barre mais elle était restée sur le quai. Elle lui tendait la main pour le retenir et lui s'accrochait. Mais le vent gonflait les voiles et elle sentait les forces l'abandonner. Les doigts se desserraient lentement sans qu'elle puisse le retenir. Le visage empreint de tristesse, Arnaud ne pouvait arrêter le voilier qui s'enfuyait vers le large et elle s'effondrait en larmes, sur le quai.

Ses longs sanglots la réveillèrent en sursaut. Elle resta un long moment prostrée, à tenter de retrouver ses esprits. Ce fut le téléphone qui la sortit de sa léthargie. La réception lui signifiait qu'il était l'heure de se réveiller. Dans les autres chambres, les membres de l'équipage devaient s'ébrouer car était venu le temps de partir bientôt pour l'aéroport Kennedy.

Dans le bus, elle ne prêta qu'une oreille distraite aux propos de Durain qui racontait leur soirée de la veille à Greenwich Village.

— Vous auriez dû venir avec nous, affirma-t-il.

Elle risqua un gros mensonge.

— J'avais trop besoin de me reposer.

Il eut une moue dubitative en voyant la mine de papier mâché de sa voisine.

— Il faut croire alors, que vous supportez mal le décalage horaire.

Mais peu lui importait les propos de Durain. Elle n'avait qu'une hâte, que ce vol de retour finisse, que l'avion se pose enfin à Roissy-en-France afin qu'elle puisse commencer ses recherches, ou tout au moins attendre près du téléphone un éventuel appel d'Arnaud.

Ce ne fut pas Degrave qui l'appela, mais André de Larjac. Elle fut surprise en l'entendant se présenter au téléphone.

— Je suis heureuse de vous entendre, Monsieur. Je veux vous remercier de votre intervention auprès de la direction de la compagnie.

— C'était la moindre des choses, mademoiselle. Nous vous devions bien ça. Mais oublions cette histoire. Je me permets de vous appeler pour vous demander si je pouvais vous rencontrer. Il faut que je vous parle.

— De quoi s'agit-il?

— Je préfère vous le dire de vive voix. Ce serait trop long de vous en parler par téléphone.

Claire était intriguée. Que lui voulait donc le père de Bertrand! Elle se souvenait d'un homme grand et fin, dont le visage respirait l'intelligence et la bonhomie. Mais sans plus.

Ce souvenir favorable et la curiosité la fit accepter.

— D'accord monsieur.

— Etes-vous libre pour le dîner?

Elle eut la tentation de refuser. Et si Arnaud

l'appelait justement dans la soirée? Mais André de Larjac semblait accorder beaucoup d'importance à l'entrevue. Elle se résigna.

— Soit. Vers quelle heure?

— Je passerai vous prendre vers huit heures si vous le voulez bien.

Le téléphone resta muet tout l'après-midi. Pour sa part, elle essaya bien d'appeler à droite et à gauche mais Lucette et Michel, qui pouvaient seuls la renseigner, n'étaient pas chez eux. Les heures lui parurent longues, très longues. Elle commença à se préparer vers sept heures et une heure plus tard, André de Larjac sonnait à la porte.

— Permettez-moi de vous féliciter mademoiselle, vous êtes ravissante.

Elle eut un petit sourire. Il l'aida à mettre son manteau et gagnèrent la CX qui attendait au bord du trottoir.

— Je vous emmène à la Closerie des Lilas. Cela vous convient-il?

Elle acquiesca. Il n'y avait pas trop de monde en ce jeudi soir et ils héritèrent d'une table tranquille. Lorsqu'ils eurent passé leur commande, il la regarda.

— Mademoiselle Ambré, j'irai droit au but. Voilà ce qui se passe. Bertrand s'est confessé, il m'a tout raconté. Votre idylle, la rupture de Versailles, son apparition à Saint-Barthélemy.

Claire fut contrariée. C'était donc cela? Larjac poursuivait.

— Sa mère est responsable de cet état de choses et je suis également responsable pour l'avoir laissé faire. La notion « elle n'est pas de notre monde » est stupide, elle n'a plus cours aujourd'hui et je m'en veux terriblement de ne pas avoir réagi. Mais Bertrand est malheureux, il vous aime. Oubliez donc les propos qu'a pu tenir ma femme et qu'il vous a répétés. Je vous en prie.

Claire secoua la tête. Le geste du père de Bertrand la touchait mais il était inutile. L'un et l'autre n'avaient-ils donc pas compris qu'elle ne vivait que pour Arnaud?

— Je n'aime pas Bertrand, Monsieur de Larjac, dit-elle doucement. L'été dernier, j'ai éprouvé un sentiment pour votre fils, je ne le nie pas. Mais la scène de rupture m'a ouvert définitivement les yeux. Je me suis rendu compte que nous n'étions pas faits l'un pour l'autre, qu'il ne pouvait pas m'apporter la protection, la sécurité dont j'avais besoin. Bertrand est un jeune homme charmant, plein de gentillesse, mais à qui il manque encore un peu de maturité.

— Ne le jugez-vous pas trop vite?

— Je ne le pense pas, dit-elle après un instant de réflexion. Et puis, après notre séparation, il s'est produit quelque chose d'important pour moi.

— C'est ce que j'ai cru comprendre, avoua-t-il.

— J'ai rencontré un homme qui est devenu tout pour moi, poursuivait Claire. Un homme pour lequel j'éprouve un sentiment tellement profond que je n'imagine pas un seul instant vivre sans lui. Il emplit mon cœur et mes pensées.

— Vous êtes donc heureuse?

Il regretta aussitôt sa question car le visage de la jeune fille s'était rembruni.

— Pardon de mon indiscrétion.

— Oh! il n'y a pas de secret. Je n'ai pas revu

Arnaud Degrave depuis les Antilles, depuis l'arrivée inattendue de Bertrand à l'hôtel des Grenadiers.

— Alors, dit-il doucement, pardon pour mon fils.

— Je ne lui en veux pas, répondit-elle. Je comprends à présent que rien n'est jamais gratuit et qu'il me faut mériter l'amour que j'éprouve pour Arnaud. Et je vais me battre, ajouta-t-elle farouchement. Aussi, dites à Bertrand que je ne suis pas amoureuse de lui et que je souhaite ne pas le voir pour l'instant. Mais que plus tard, quand j'aurai mis un peu d'ordre dans ma vie, je serai une fidèle amie. D'ici là, il aura eu tout le loisir de m'oublier et nous aurons alors du plaisir à nous revoir.

— Je le lui dirai.

Ils poursuivirent le dîner en silence. Ce n'est qu'au moment de la raccompagner qu'il hasarda :

— Claire, puis-je vous aider?

— M'aider? Comment cela?

— Je puis demander à Arnaud Degrave de le rencontrer, afin de lui expliquer qu'il s'agit d'un affreux malentendu, qu'il n'y a rien eu de solide entre Bertrand et vous. Bref, qu'il ne laisse pas passer la chance extraordinaire qu'il a d'être aimé d'une fille telle que vous?

— Non monsieur de Larjac, c'est mon combat. C'est à moi, et à moi seule, de le convaincre, de lui ouvrir les yeux. J'espère fermement y arriver.

— Je vous souhaite tout le bonheur possible, Claire. Si jamais vous êtes en détresse, si je peux vous être utile, n'hésitez surtout pas à m'appeler...

De préférence à mon bureau, je serai plus tranquille. C'est promis?

— C'est promis.

Il la laissa rue de Vaugirard. Au moment de prendre l'ascenseur, elle eut un doute. Et si Arnaud avait glissé un mot dans sa boîte aux lettres? Mais cette dernière était vide.

Elle pénétra tristement dans son petit appartement. Oui, elle avait décidé de combattre de toutes ses forces pour reconquérir le cœur d'Arnaud. Mais elle savait que la lutte serait rude.

9

En cette période de l'année, il y avait peu de monde aux Saintes-Maries-de-la-Mer. Juste les habitants du cru qu'Arnaud Degrave connaissait pour la plupart. Dans les petites rues ocre du village, les vieilles assises devant leur porte tentaient de profiter du pâle soleil qui ne commencerait à chauffer un peu que vers midi. Il faisait beau mais frais et Arnaud rajusta son duffel-coat qu'il avait simplement jeté sur ses épaules. Il s'engouffra dans la boutique qui faisait face à la ravissante église du XIIe.

— Bonjour Aristide.

— Arnaud, quel plaisir de te revoir. Il y a longtemps que tu n'es pas venu parmi nous. Alors, tu restes un peu dans le pays?

— Une quinzaine de jours, Aristide, le temps de prendre un peu de bon air..

— Tu viendras sans faute dîner avec nous un soir. Sinon, Mathilde ne te le pardonnerait pas.

— Bien sûr Aristide. Et la maison?

— Tout va bien. Nous y allons régulièrement une fois par semaine pour voir si tout est en ordre. Mathilde en profite pour donner un coup de balai et on ouvre un peu les volets pour faire respirer la maison et chasser l'humidité. Car il a sacrément plu le mois dernier.

— Merci Aristide, vous êtes bon pour moi.

— Et ton père, grogna l'autre, il n'a pas été bon pour nous peut-être! Bien, que veux-tu, des provisions sans doute? Passe la commande.

Arnaud lui laissa sa petite liste et pendant qu'Aristide s'affairait, il pénétra dans la cuisine à la recherche de Mathilde. Cette dernière qui mijotait un bœuf en daube lui ouvrit les bras quand elle l'aperçut.

— Que ça fait plaisir de te voir mon petit, je commençais à désespérer. Toutes les semaines, en allant aux Cyclades, on se disait avec Aristide : à quoi ça sert d'avoir une si belle maison si c'est pour jamais y venir?

— J'ai été très occupé, Mathilde.

— Ouais, toujours en voyage, il faudra bien que tu te fixes un jour tout de même. Le mas, il n'en peut plus d'être sans maître. Et puis, ajouta-t-elle avec émotion, tu nous manques.

Tant de gentillesse le toucha. Il embrassa à nouveau Mathilde sur les deux joues.

— Tu restes avec nous pour le déjeuner j'espère? Regarde ce bœuf en daube que je prépare.

— Non Mathilde, pas aujourd'hui. Je ne suis pas encore passé à la maison. Dès l'atterrissage à Nîmes, je suis allé chercher la Range Rover au garage et je suis venu tout de suite ici. Mais demain soir si tu veux, je serai très heureux de venir. Vous avez de bonnes nouvelles d'Ulysse?

— Excellentes, Paul s'en occupe parfaitement. Mais à lui aussi son maître lui manque.

Arnaud retourna dans l'épicerie où Aristide avait rempli deux cageots avec les provisions commandées par Arnaud.

— Tiens petit, voilà de quoi soutenir un siège. Je t'ai rajouté une petite bouteille de pastis à tout hasard. Dans le cas où tu aurais une petite soif.

Il aida son jeune ami à porter les provisions vers la Range Rover et Arnaud prit une route qui menait à l'intérieur des terres. Son père avait acheté ce vieux mas il y avait une quarantaine d'années avec quatre-vingts hectares de terres dont une partie en marais. Très belle maison basse aux murs crépis de blanc, un peu bâtie à l'espagnole avec une cour intérieure où il faisait frais l'été. Une grande pièce avec une cheminée qui acceptait d'énormes pièces de bois, trois chambres et une sorte d'établi-bureau qui lui servait de refuge.

Arnaud ouvrit la porte et resta un moment sur le seuil pour jeter un regard autour de lui. Mathilde avait raison : il avait bien tort de ne pas venir plus souvent dans ce hävre de paix. Mais peut-être renfermait-elle trop de souvenirs! A droite de la grande pièce, il y avait la chambre de son père qui, deux ans auparavant, avait suivi sa femme dans la tombe. Arnaud revoyait cet homme grand et droit malgré les rhumatismes qui le faisaient souffrir, lui parler avec émotion de cette Provence qu'il aimait tant. A gauche, c'était sa chambre à lui, Arnaud, chambre de garçon où il était naturellement resté avec Claudine lorsqu'il l'avait épousée. Le mariage, la naissance d'Henri : à peine un an et demi de bonheur avant la catastrophe...

Oui, il y avait beaucoup de souvenirs dans cette maison, mais Arnaud ne voulut pas s'attendrir. Et puis, à présent, il y avait Claire. Claire dont il était éperdument amoureux et qu'il avait perdue. Par sa faute peut-être, par orgueil. Il s'en voulait à présent d'avoir cédé à son premier mouvement qui l'avait poussé à quitter sur-le-champ l'hôtel des Grenadiers. Mais il avait été surpris et l'attitude de ce garçon qui semblait tellement désemparé l'avait touché. Alors, il s'était dit qu'il était sans doute de trop, qu'il n'avait pas le droit, lui un homme mûr, de briser ce qu'il pensait être une idylle.

Pourtant, elle l'avait appelé d'une voix désespérée et lorsque sur le bateau ils avaient échangé les aveux les plus doux, elle n'avait pas pu mentir, cela était impossible. Arnaud ne savait plus où il en était et ces quinze jours de vacances en Camargue allaient sans doute lui permettre de faire le point.

Il rangea les victuailles dans la cuisine et ouvrit les volets. La lumière entra à flots dans la maison, éclairant les meubles rustiques que sa mère avait choisi avec amour, l'un après l'autre, au cours d'une longue et patiente recherche dans le pays. Puis, après avoir jeté un regard satisfait alentour, il sortit à nouveau et se mit au volant de la Range Rover. Il n'avait que cinq kilomètres à parcourir pour atteindre la propriété de Paul qui élevait des chevaux.

Il avait prévenu ce dernier à l'aide d'un télégramme expédié de Paris. Aussi, son ami d'enfance ne fut-il pas étonné de le voir. Pantalon camarguais, chemise camarguaise : pour Paul il ne s'agissait pas d'un déguisement à l'image des touristes qui déferlent l'été et qui disent toréador pour torero ; mais d'une tenue de travail. Paul était un vrai gardian qui n'avait pas son pareil pour monter à cru sur ses petits chevaux et galoper des heures au bord des étangs.

— Paul, mon vieux.

Ils se serrèrent longuement la main, heureux de se revoir.

— Cela fait un moment, dit Paul.

— C'est vrai, depuis le mois de mai dernier. Mais je n'ai pas arrêté depuis. Tu sais ce que c'est, l'engrenage quoi.

— C'est Ulysse qui va être content de te revoir. Mais avant, viens donc dans mon bureau, on va boire un pastis.

— Tu fais toujours ton propre breuvage, le taquina Arnaud?

— Diable, plus que jamais. Il est particulièrement parfumé cette année.

La pièce était meublée simplement, une table en noyer, un fauteuil, une armoire où il rangeait ses papiers et un râtelier où trônait une magnifique paire de Herstal. Arnaud montra les fusils :

— Bonne chasse cette année?

— Nous avons eu pas mal de canards, répondit Paul. Mais ce n'est plus comme avant. Trop de pollution et trop de sociétés de chasse à 10000 francs l'action. A ce prix-là, ils ne veulent pas laisser la moindre chance au gibier de se reproduire.

Paul servit le pastis avant de se lancer.

— Mes affaires ne marchent pas trop mal en ce moment, dit-il. L'élevage des chevaux me donne satisfaction et les rizières que j'ai plus au nord sont très rentables. Bref, je suis débordé.

Arnaud sourit. Il le voyait venir.

— Alors, tu as pensé à moi?

Paul fut un instant décontenancé par la perspicacité de son ami puis il poursuivit.

— Exactement, j'ai pensé à toi. Nous ferions d'excellents associés toi et moi.

— Mais je n'ai rien à t'apporter!

— Tu oublies une chose, c'est à ton père que je dois une grande partie de ce que j'ai. C'est lui qui m'a prêté les fonds, qui m'a conseillé. Il a été tellement déçu que tu te sois tourné vers l'aviation et que tu abandonnes la manade, la terre de Camargue. Alors, il m'a donné un sacré coup de main et c'est à mon tour d'en faire autant.

— Mais Paul, pour quelles raisons abandonnerais-je un métier que j'ai choisi, que j'aime. L'aviation m'a apporté beaucoup de joies et je ne vois pas pourquoi j'arrêterais.

— Peut-être parce qu'est venu le temps pour toi de poser ta valise à terre. Tu as trente-six ans, mon âge. Cela fait seize ans que tu as quitté les Cyclades pour n'y revenir que pour des courtes vacances. Tu ne crois pas que tu pourrais à présent rester parmi nous?

Paul tenait le même langage que Mathilde tout à l'heure. A croire qu'ils s'étaient tous donnés le mot.

— Tu me tentes, Paul. Parfois je l'avoue, je suis las. Mais je te le répète, piloter est ma vie, surtout depuis la mort de Claudine. Je n'ai plus d'attaches.

— Pense à ton père, Arnaud. Il souhaitait tellement que tu prennes sa suite, que tu sois le nouveau maître des Cyclades.

La moindre évocation de son père émouvait Arnaud. Il y avait eu trop de complicité entre les deux hommes pour qu'il ne ressente pas un choc chaque fois qu'il y pensait. C'est vrai que le vieux Degrave avait été désespéré de voir son fils quitter la Camargue mais Arnaud se souvenait de sa fierté, un jour qu'à Istres, il l'avait vu exécuter des pirouettes à bord d'un monoréacteur. « Je suis fier de toi petit, avait-il dit simplement. » Etait-ce par pudeur qu'Arnaud, à la mort de cet être qu'il chérissait tant, avait vendu la manade? Sans doute. Il ne se sentait pas l'audace de poursuivre de façon imparfaite l'œuvre de cet homme admirable.

Il but une gorgée de pastis et apprécia : Paul le faisait décidément toujours aussi bien.

— Tu as peut-être raison Paul, mais je ne sais plus très bien. Je ne sais plus où j'en suis. Je suis amoureux fou d'une jeune fille et j'hésite. Elle a vingt ans, vois-tu, et les jeunes filles de vingt ans, c'est fragile. J'ai peur de la casser comme une porcelaine. Aussi, je suis venu faire le point dans le calme. Tu vois, plaisanta-t-il, le maître des Cyclades est revenu.

— Bon, réfléchis dit Paul. On va faire de bonnes promenades à cheval pendant quelques jours. Viens, on va rendre visite à Ulysse.

Ils allèrent dans le corral. Un magnifique cheval camarguais caracolait. Il s'arrêta en voyant les deux hommes approcher puis courut vers son maître qu'il avait reconnu. Il secoua sa crinière et tendit ses naseaux à travers la barrière. Arnaud caressa longuement la belle tête, lui parlant doucement.

— Je vais rentrer avec lui aux Cyclades, dit-il à Paul. Il y a trop longtemps que l'on ne s'est pas vus.

— Bien sûr.
— Et la Rover?
— On te la ramènera tout à l'heure. Ne t'en fais pas pour cela. Attends, on va te le seller tout de suite.

Quelques instants plus tard, Arnaud et Ulysse retrouvaient leur amitié. Complices, ils fendaient les roseaux, s'ébrouaient dans les étangs, galopaient éperdument sur le sable, le long de la plage déserte. Le bonheur pour l'un et pour l'autre, le bonheur que procurent la liberté folle et la complicité indéfectible.

Ils étaient arrivés en vue des Cyclades et Arnaud fit ralentir Ulysse. Puis il mit pied à terre, enleva la selle et le lâcha dans la nature. Il savait qu'Ulysse n'irait pas loin sans son maître. Il ouvrit une des boîtes d'Aristide et fit la grimace en mangeant son cassoulet. Il aurait mieux fait, se dit-il, de manger le bœuf en daube de Mathilde. Mais baste, il avait besoin de paix pour cette première journée. L'après-midi, il se rendit dans son établi car il avait décidé de refaire un des pieds d'une chaise qu'affectionnait particulièrement son père. Mais il n'avait pas de cœur à l'ouvrage. Il repensait à ce que lui avait dit Paul et surtout, le visage de Claire lui était trop présent à l'esprit. Que faisait-elle à présent, où était-elle? Avec ce jeune homme qu'il avait aperçu à Saint-Barthélemy sans doute. Pourtant, qu'elle était douce et tendre, qu'elle paraissait sincère lorsqu'elle lui avait dit qu'elle l'aimait.

Volontairement, il n'avait pas cherché à la revoir à son retour de Tokyo. Simplement, il avait voulu lui rendre justice en répondant à la convocation du directeur du personnel. Avec amusement, il se souvenait de la scène chez ce prétentieux aux idées toutes faites qui s'imaginait faire la pluie et le beau temps pour satisfaire ses ambitions personnelles. Il n'était pas mécontent de sa prestation. Le coup du billet surtout, sorti au dernier moment comme le diable d'une boîte. Un peu théâtral, se reprocha-t-il, mais quel succès!

Avant le coucher du soleil, il alla rejoindre Ulysse qui réclamait une nouvelle promenade en frottant son museau contre la vitre.

Cette fois-ci, ils allèrent aux Saintes-Maries-de-la-Mer pour rendre une visite à Mathilde et Aristide.

Elle l'accueillit avec un cri de joie.

— Arnaud, tu as eu du remords?

— Je suis venu vous dire un petit bonjour en compagnie d'Ulysse.

— Alors, comment as-tu trouvé Paul?

— Prospère, très prospère. Il m'a même proposé de rester dans le pays et de travailler avec lui.

Il releva malicieusement qu'elle ne semblait pas surprise. Ils avaient bien monté une conspiration pour l'empêcher de partir.

— Et qu'as-tu répondu, Arnaud?

— Rien pour l'instant, ma chère Mathilde. Je me contente de profiter de l'air, de la lumière... et des amis. Vous savez, c'est déjà un très beau programme.

Mathilde marmonna, manifestement peu satisfaite de la dérobade. Aristide était venu les rejoindre.

— Tu devrais te laisser faire petit.

— On verra, on verra Aristide. J'ai le temps d'y

penser. Ulysse m'attend dehors et il va commencer à protester. Je suis venu vous inviter pour demain à déjeuner. Nous sommes dimanche et dans le temps, vous veniez tous les dimanches n'est-il pas vrai. Il faut respecter les traditions, elles ont souvent du bon.

Le visage de Mathilde s'éclaira.

— C'est bon signe, lança-t-elle à son mari dès qu'elle eut entendu le pas d'Ulysse décroître dans la ruelle. Peut-être bien qu'on a eu une bonne idée.

Aristide approuva. Le vœu du vieux père Degrave était-il en voie d'être exaucé? Pour fêter l'événement, il se servit une bonne lampée de pastis sous l'œil désapprobateur de Mathilde.

Arnaud conduisit Ulysse dans l'étable puis se rendit dans le bureau. La promenade lui avait fait du bien et il avait toujours du plaisir à rencontrer Aristide, le vieux gardian qui avait travaillé toute sa vie avec son père et qui, à la mort de ce dernier, avait ouvert un petit commerce. Il se remit à travailler le pied de la chaise et, cette fois-ci, il eut du talent. Il le peaufina jusqu'à une heure avancée de la nuit, n'allant se coucher que lorsqu'il fut satisfait de son travail.

L'aube venait de naître lorsqu'il s'éveilla. Dans l'étable proche, il entendait remuer Ulysse et il décida d'aller se promener du côté des étangs sitôt avalé un bol de café noir. L'air était parfaitement pur et la journée promettait d'être belle. Ulysse l'accueillit en hennissant de joie et ils partirent tous deux en direction de la propriété de Paul.

Une tranche de saucisson entre les doigts, ce dernier se restaurait avant d'aller voir ses chevaux.

— Je t'invite à déjeuner Paul. Tu seras en bonne compagnie puisqu'il y aura également Aristide et Mathilde.

— Comme autrefois, interrogea Paul?

— Comme autrefois. Seulement, j'ai besoin d'aide pour la cuisine.

— Compte sur moi, j'apporterai tout ce qu'il faut.

— Alors à tout à l'heure.

Il repartit vers les étangs et, comme la veille, fit longuement galoper Ulysse sur la plage. La chaleur était plus forte que la veille et le cheval n'hésitait pas à planter ses sabots dans l'eau qui ourlait le rivage. Le premier geste d'Arnaud en arrivant aux Cyclades fut d'aller chercher dans la cave du rosé de Bandol qu'il mit aux frais. La table une fois préparée, il n'eut plus qu'à attendre ses invités et il vit bientôt apparaître la 2CV que conduisait Aristide.

Ils descendirent tous deux de la voiture, un peu cérémonieux, comme intimidés de retrouver des habitudes deux ans après. Tout s'arrangea bien vite quand Paul fut là avec une énorme côte de bœuf que Mathilde emporta aussitôt dans la cuisine. Les trois hommes restèrent dehors, sur la terrasse. Et c'est en se promenant qu'Arnaud s'aperçut qu'il y avait quelque chose dans la boîte aux lettres. Un prospectus sans doute et il faillit passer outre. Mais quelque chose l'arrêta. Il ouvrit la boîte et en tira une lettre en provenance de New York qui lui avait été adressée à Air France et que l'on avait fait suivre. L'écriture lui était inconnue. Intrigué, il ouvrit l'enveloppe et devint pâle. Il lut et relut la lettre de Claire :

« Arnaud chéri,

Je veux tout de suite vous dire, vous crier que je vous aime... »

— De mauvaises nouvelles, s'inquiétèrent Paul et Aristide.

— Non, je ne le pense pas, répondit Arnaud avec beaucoup de douceur.

— De qui est-ce, demanda Mathilde qui était venue les rejoindre?

— D'une femme que j'ai peur d'aimer. Elle s'appelle Claire, Claire Ambré. Elle est très belle.

— Eh bien! ne fais pas cette tête-là si ce sont de bonnes nouvelles. Allez, passons à table sinon la viande va être trop cuite.

Arnaud eût voulu partir avec Ulysse, se cacher dans les marais pour relire tranquillement la missive de Claire. Mais il se rappela à temps ses devoirs d'hôte et le repas se déroula gaiement.

Lorsqu'ils furent partis, Arnaud sortit un rocking-chair sur la terrasse et relut la lettre. « Arnaud chéri, disait-elle. » Il crut entendre sa voix prononcer ces paroles. Ainsi, elle l'aimait vraiment. Seule une femme sincèrement amoureuse pouvait lui écrire ces mots : « Arnaud, ne vous éloignez pas de moi. Je sais que vous avez besoin de ma tendresse comme j'ai besoin de la vôtre... »

Les images défilaient. Claire chez Billy, l'architecte un peu fou et amateur de bière qui détruisait ses esquisses une fois terminées. Claire auprès de Sylvie tenant la petite Marie dans ses bras. Claire sur le voilier de ce vieux forban de Jeff, inquiète dans la tempête, le soignant avec amour lorsque l'écoute lui avait cinglé la poitrine. Claire, enfin, le suppliant de rester lorsqu'il avait décidé de quitter l'hôtel des Grenadiers pour rentrer à Pointe-à-Pitre. Et puis cette lettre derrière laquelle il devinait du désespoir.

Avait-il le droit de la faire souffrir? D'un autre côté, était-il vraiment l'homme qu'il lui fallait? Arnaud secoua la tête. Il ne savait toujours pas s'il devait répondre à l'appel de la jeune fille, lui téléphoner qu'il accourait.

Des nuages noircissaient le ciel.

— Il va y avoir de l'orage cette nuit, pensa Degrave.

10

Jean Duffet tendit le bras et appuya sur l'interphone.

— Faites entrer Mlle Ambré, demanda-t-il à sa secrétaire.

Quelques instants plus tard, Claire pénétrait une nouvelle fois dans le bureau du directeur du personnel. La jeune fille releva que son vis-à-vis avait adopté une attitude particulièrement affable, comme s'il souhaitait lui faire oublier les péripéties de la première entrevue au cours de laquelle il lui avait fait part des critiques de Mme de Larjac.

Il la pria de s'asseoir et, désignant une lettre qui était posée sur son bureau, demanda en fixant la jeune fille qui attendait tranquillement.

— Vous voulez vraiment démissionner de la compagnie Mademoiselle?

Et, comme elle acquiescait :

— J'ose espérer que vous n'avez pas pris votre décision à la suite de cette malencontreuse affaire. Vous n'ignorez pas, bien entendu, que vous avez été totalement blanchie et que rien ne demeure à votre dossier. Je vous adresse d'ailleurs mes excuses, mon jugement avait été un peu hâtif. Il était dû à l'importance que revêt la famille Larjac, au rôle social qu'elle joue.

Claire s'amusa intérieurement. Fallait-il que l'intervention d'André de Larjac ait été énergique pour que Jean Duffet se confondît ainsi en excuses. Car le directeur du personnel n'avait pas la réputation d'être un tendre.

Comme elle n'était pas disposée à lui faire de cadeaux, elle répondit :

— J'accepte vos excuses Monsieur. Mais l'incident dont vous faites état n'est pour rien dans ma décision. Je l'ai prise pour des raisons personnelles qui n'ont absolument rien à voir avec mon service.

Jean Duffet poussa un soupir de soulagement. Mais il demeurait cependant légèrement inquiet. Et si, avant de quitter Air France, elle racontait dans la maison le pas de clerc qu'il avait commis.

Comme si elle avait compris ses pensées, elle intervint.

— Ne vous en faites pas, Monsieur. J'ai actuellement d'autres soucis en tête.

Il s'inclina et la raccompagna à la porte.

— Je vous souhaite bonne chance, Mademoiselle.

Les convenances une fois préservées, il n'était pas mécontent au fond de lui-même de voir partir un témoin de sa piteuse performance.

Lucette attendait Claire dans le bureau de la secrétaire.

— Viens, nous déjeunons ensemble, proposa Claire.

Quelques instants plus tard, elles étaient assises dans un bistrot du boulevard Montparnasse.

— Que c'est triste de te voir partir, soupira Lucette. On a passé de tels bons moments ensemble que je vais te regretter terriblement. Tu es sûre que ta décision est définitive, que tu ne reviendras jamais parmi nous?

— J'en suis sûre, répondit Claire. Tu sais, cela faisait un moment que je m'interrogeais sur mon métier. Bien sûr, il m'a permis de parcourir le monde et j'ai pu effectuer des voyages merveilleux. Il m'a permis aussi de me faire d'excellents amis et n'imagine surtout pas que nous ne nous reverrons plus parce que je quitte la compagnie. Mais j'étais un peu lasse et les derniers événements qui se sont déroulés aux Antilles ont achevé de me décider. Au fond, j'aspire à une autre vie. La ferai-je avec Arnaud? Je le souhaite mais je l'ignore. L'avenir me le dira.

— Mais que vas-tu faire à présent, quels sont tes projets dans l'immédiat?

— C'est encore un peu flou. Tout ce que je sais, c'est que je vais quitter Paris. J'ai besoin de me retrouver dans une autre atmosphère, de respirer un air nouveau.

— Et Arnaud?

— Je n'ai toujours pas de ses nouvelles, avoua Claire tristement. Dès son retour de Tokyo, il est parti en vacances je ne sais où. J'attends. J'ose espérer qu'il réfléchit également à nous deux et que lorsque je le reverrai, ce sera pour me dire : « Viens Claire, faisons la route ensemble. » Mais rien n'est moins sûr.

— J'ai une surprise pour toi, annonça Lucette.

Elle lui tendit un bout de papier sur lequel étaient griffonnés quelques mots.

— C'est l'adresse d'Arnaud. Il se trouve actuellement dans le midi de la France, aux Saintes-Maries-de-la-Mer où il possède une maison de famille.

— Comment l'as-tu obtenue, demanda Claire folle de joie en rangeant précieusement l'adresse dans son sac?

— Un de mes amis pilotes m'a renseignée, avoua en rougissant Lucette. Arnaud lui a laissé son adresse pour qu'il lui fasse suivre son courrier.

— Ma lettre a suivi dans le midi? interrogea vivement Claire.

— Quelle lettre?

— J'ai écrit à Arnaud pendant l'escale de New York. Je venais d'apprendre le drame qu'il avait vécu quelques années auparavant. Au fait, tu me l'avais toujours caché!

— Je n'étais pas encore à la compagnie quand c'est arrivé, dit Lucette. J'en ai ensuite entendu vaguement parler mais sans plus. Et puis, à quel moment aurais-je pu t'en parler? Entre toi et Arnaud, les choses sont allées tellement vite à Saint-Barthélemy qu'il eût été indécent de faire état de « on-dit ». En fait, c'est à Arnaud lui-même de te faire ce genre de confidences.

— Tu as raison, reconnut Claire.

Elles avaient terminé leur déjeuner. Elles se levèrent et se retrouvèrent sur le boulevard.

— Maintenant que tu connais son adresse, que vas-tu faire? Aller le rejoindre.

— Sans aucun doute, dit farouchement Claire. Je t'ai dit tout à l'heure que j'aspirais de toute mon âme à une autre vie. Cette autre vie, c'est avec Arnaud et Arnaud seul que je veux la faire. Pour des raisons que je commence à comprendre, il a voulu s'écarter, s'éloigner de moi, pensant qu'il me causait du tort. C'est à moi de lui prouver qu'il n'en est rien.

— Mais ton appartement, tu l'abandonnes?

— J'ai déjà rendu la clef à son propriétaire et j'ai expédié mes quelques meubles à Bagnols-sur-Cèze. Je n'ai plus qu'une valise qui m'attend à la consigne. Je comptais aller retrouver Majou avec le train de 22 heures. Je continuerai plus loin.

Lucette parvenait mal à cacher son émotion.

— Je te souhaite bonne chance, ma petite Claire.

— Allons, ne renifle pas comme ça, gronda gentiment son amie. Je ne pars pas au bout du monde et j'ai bien l'intention de vous revoir tous bientôt.

Elle passa son après-midi dans des cinémas pour tuer le temps et quand le moment vint, elle se rendit à la gare de Lyon où elle avait réservé une couchette. Son sac d'hôtesse posé dans le filet, elle s'allongea mais éprouva des difficultés pour s'endormir. Au fur et à mesure des arrêts, elle comptabilisait approximativement les kilomètres parcourus et calculait le trajet qu'il lui restait à parcourir avant la grande confrontation. Elle s'endormit à Valence et ne put se reposer que deux courtes heures.

A la gare de Nîmes, elle prit un taxi qui la laissa sur la grande place des Saintes-Maries-de-la-Mer.

Son sac à ses pieds, elle jeta un regard autour d'elle, découvrant ce paysage nouveau pour elle. Qui allait la renseigner? Elle avisa un café.

— Et pour mademoiselle?

— Je voudrais un chocolat et un renseignement, dit-elle.

Quelques minutes plus tard, il lui servit une boisson fumante.

— Que voulez-vous savoir?

— Je cherche la maison d'Arnaud Degrave. Pouvez-vous m'indiquer comment je peux m'y rendre?

Une voix s'éleva du fond du café.

— Et qu'est-ce que vous lui voulez à Arnaud Degrave?

— Je suis une amie, dit-elle timidement. Je voudrais le rencontrer.

L'homme s'était approché de la jeune fille et la regardait avec un soupçon de méfiance. Aristide montait sévèrement la garde.

— C'est que M. Degrave ne souhaite pas avoir de visites.

Claire le regarda d'un air suppliant et Aristide s'adoucit. Soudain, il eut un doute. Et si c'était...

— Comment vous appelez-vous Mademoiselle.

— Claire Ambré.

Pas de doute, c'était elle.

« Elle s'appelle Claire Ambré », avait dit pensivement Arnaud en regardant la lettre.

Le visage d'Aristide s'éclaira. Encore un peu, il commettait un impair. Heureusement, il s'en était aperçu à temps. Il tendit la main.

— Excusez Mademoiselle, je ne savais pas qui vous étiez. Je veille un peu sur la tranquillité d'Arnaud. Mais puisque c'est vous...

Claire parut surprise.

— Pourquoi, vous me connaissez?

Aristide sourit gentiment.

— Arnaud nous a parlé de vous l'autre jour. Il venait de recevoir une lettre.

Ainsi, Arnaud était en possession du mot qu'elle avait écrit à New York et il avait parlé d'elle. Son cœur battit la chamade.

— Pourriez-vous avoir la gentillesse de m'indiquer le chemin?

Aristide protesta.

— Je vais faire mieux que ça, Mademoiselle, je vais vous y conduire.

Elle le remercia d'un sourire.

— C'est loin d'ici, interrogea-t-elle?

— Oh, non, trois kilomètres tout au plus, un peu moins si l'on prend par le petit chemin qui suit parallèlement le canal.

Elle hésita une fraction de seconde puis, posant sa main sur son bras, elle l'arrêta.

— Dans ce cas, monsieur, je préfère m'y rendre à pied. Le temps est très beau et j'ai très envie de marcher. Cela me permettra de connaître le pays car c'est la première fois que je viens ici.

Après avoir réglé son chocolat, elle se tourna vers le patron du café.

— Pourriez-vous garder ma valise, je vous prie?

Il allait la prendre, mais Aristide le devança et la saisit.

— Ne vous en faites pas, mademoiselle, je m'en occupe de votre valise. Je la porterai moi-même aux Cyclades tout à l'heure dès que j'aurai fermé la boutique pour le déjeuner. Soyez sans crainte.

Elle le remercia à nouveau avec un joli sourire et après avoir tourné derrière l'église, elle trouva tout de suite le petit chemin que lui avait indiqué Aristide.

Claire était ravie de la promenade. L'air était encore frais mais le soleil, déjà haut dans le ciel, commençait à chauffer.

Claire se sentit bien. L'insomnie de la nuit était oubliée, de même que les inquiétudes. Son moral était au beau fixe. Pourtant, la minute de vérité approchait mais elle avait désormais confiance. Elle se souvenait de ce qu'elle avait répondu à André de Larjac, alors qu'il lui proposait de l'aider : « C'est mon combat, c'est à moi et à moi seule de le convaincre, de lui ouvrir les yeux. » Sa détermination, son désir de sauver leur bonheur l'avaient conduite jusqu'ici et à présent, elle se sentait paisible. Après tant de péripéties, tout, à présent, était simple. C'était à eux, et à eux seuls désormais, de décider de leur avenir, sans intermédiaire ni fâcheux qui surgiraient tout à coup pour mettre leur grain de sel, pour intervenir dans une affaire qui les concernait seuls. Elle savait simplement que si la réponse était négative, que s'il la rejetait, elle ne s'en remettrait jamais. Car elle était persuadée qu'Arnaud et elle étaient faits pour vivre ensemble.

Claire allait le cœur léger au-devant de son destin. La nature autour d'elle lui souriait et cela lui parut être un bon signe. Au fond, qui était Arnaud? Un homme qui avait été cruellement meurtri quelques années auparavant et que l'expérience avait rendu prudent avec le cœur des autres. Mais Claire n'avait pas non plus l'envie de jouer avec les sentiments de celui qu'elle avait désormais choisi comme compagnon. C'en était fini, à présent, des querelles arides et des larmes.

Tout à coup, la maison lui apparut. « C'est une maison basse, crépie de blanc » lui avait dit Aristide, ajoutant que dans le pré, elle apercevrait vraisemblablement un beau cheval gris, le cheval d'Arnaud. De fait, Ulysse était dans le pré et la maison était basse et crépie de blanc. Elle s'arrêta un instant pour dévorer des yeux ce qui allait peut-être devenir son univers. Les roseaux, là-bas à droite, plantés droit dans l'eau, ici l'étable. La maison avec une fenêtre ouverte, derrière laquelle se trouvait peut-être Arnaud.

Allons, c'était le moment de prendre son courage à deux mains. A son habitude, elle croisa ses doigts dans son dos puis s'avança, se croyant seule. Le pré lui semblait désert.

Mais un homme la regardait s'avancer, un homme qui se trouvait à la limite des roseaux, un homme qui cachait mal son émotion.

Comme dans un rêve, Arnaud contemplait la jeune fille qui s'approchait du porche. La jeune fille qu'il aimait par-dessus tout, qu'il respectait et dont il désirait, il en était à présent totalement sûr, qu'elle devienne sa femme. Il y avait tant d'amour dans la lettre qu'elle lui avait écrite de New York que ses réticences avaient été levées.

« Claire »... Il prononça le prénom à mi-voix, comme une caresse. Mais comme elle n'entendait pas, il cria cette fois : « Claire... »

Elle se retourna, comme saisie, et elle aperçut Arnaud. Arnaud qui lui tendait la main comme pour l'inviter à faire la route ensemble. Un doux sourire illuminait son visage et elle sut alors que la partie était gagnée, que plus rien ne pourrait jamais les séparer désormais.

Alors, elle se mit à courir vers l'homme qui l'attendait, qui lui ouvrait les bras. Elle se jeta contre lui, frotta sa joue sur la chemise rude et murmura :

— Arnaud mon chéri, il y a si longtemps que j'attends cet instant.

Lui ne savait que faire pour calmer les gros sanglots qui secouaient la jeune fille. Maladroitement, il lui caressa les cheveux.

— Claire, ma chérie, oublie le passé. Pardonne mon attitude stupide à Saint-Barthélemy. Mais je voulais...

— Je sais Arnaud, dit-elle doucement.

Il tint à poursuivre.

— Quand j'ai vu ce garçon qui semblait si heureux de te revoir, j'ai éprouvé bien sûr un sentiment de vexation mais surtout, j'ai voulu partir, par pudeur.

— Je sais, répéta-t-elle. J'ai tout compris. Comme j'ai finalement compris que tu avais fui par amour pour moi. C'était le plus important. Je te raconterai plus tard ce qui s'est passé avec Bertrand. Mais l'histoire, en fait, a peu d'importance. C'est toi que j'aime, et toi seul. Tu me crois Arnaud?

— Oui Claire ma chérie, je te crois.

Comme à Saint-Barthélemy, leurs lèvres se joignirent tout naturellement. Après bien des vicissitudes, un accord profond régnait entre ces deux êtres qui avaient manqué se déchirer et qui s'étaient retrouvés à temps. Il serra la jeune fille contre lui et dit doucement à son oreille :

— Claire, veux-tu m'épouser, veux-tu devenir ma femme? Pour le meilleur et pour le pire. Mais je te jure de faire mon possible pour ne te faire connaître que le meilleur. Parce que je t'aime, que je te respecte et que tu le mérites.

— Mon chéri, c'est mon vœu le plus cher.

Il lui prit le bras et lentement, ils se dirigèrent vers la maison. Ulysse vint frotter son museau contre l'épaule de son maître et Arnaud le présenta à Claire.

— C'est un autre de tes sujets, dit-il en plaisantant. Tu verras, c'est le cheval le plus gentil de toute la région. Je lui dirai de t'accepter comme cavalière. D'accord Ulysse?

Le cheval secoua la tête de contentement et les deux jeunes gens pénétrèrent dans la maison.

— Voilà désormais ton domaine, dit Arnaud. Cette maison manquait d'âme depuis la mort de mon père. Elle en a retrouvé une autre aujourd'hui, grâce à toi. Merci Claire.

La jeune fille était émue. Elle se trouvait ainsi dans la maison de famille d'Arnaud, une maison que ce dernier semblait chérir et qu'il avait désertée depuis deux ans, paradoxalement par respect pour son père. Il lui en parlait justement.

— Il me voulait terrien et attaché à cette maison, dit-il avec respect. Et je l'ai trahi en devenant pilote de ligne. Bref, j'ai trompé tous les espoirs qu'il avait en moi. C'est pour cette raison que j'avais fui la Camargue et les Cyclades. Parce que j'estimais qu'il y avait quelque part une erreur, que je n'avais le droit de chausser ses bottes puisque je n'avais pas choisi la même voie.

— N'es-tu pas trop dur envers toi-même? interrogea Claire. Je suis persuadée que ton père, au fond de lui-même, était fier de toi. Il ne pouvait en être autrement.

— Peut-être, murmura Arnaud. De toute manière, ces derniers événements m'ont donné à réfléchir.

— Que veux-tu dire par là? interrogea Claire.

— Eh bien! répondit Arnaud doucement. J'ai d'abord eu la révélation définitive que je t'aimais et qu'il était inutile de te fuir. Il était temps que je m'en rende compte, tu ne crois pas? ajouta-t-il en souriant.

Le ton devint plus grave.

— Mais je me suis posé également beaucoup de questions sur mon genre de vie. Dois-je continuer à piloter? Dois-je prendre la décision de rester désormais ici, sur cette terre familiale, comme m'y incitent plusieurs de mes amis? J'avoue ne pas avoir encore trouvé de réponse mais le fait même de se poser la question est la preuve que le problème existe. Surtout depuis que Paul m'a fait des propositions.

— Qui est Paul?

— Un de mes amis d'enfance, un garçon fantastique que tu connaîtras bientôt. Nous irons le voir cet après-midi car je souhaite que le plus vite possible, tu te sentes totalement chez toi dans la région. Paul, reprit-il, m'a proposé de m'associer avec lui. Ses affaires marchent bien et il affirme qu'il y a du travail pour deux.

— Et cela t'intéresserait?

— Oui, bien sûr. Je suis profondément attaché à la Camargue et j'aime les grands espaces. Mais ces grands espaces, je les parcours tous les jours en faisant mon métier de pilote. Alors, je ne sais pas. Mais laissons les choses aller. Tu es désormais concernée et tu m'aideras à effectuer un choix.

Il lui prit la main pour la guider dans la maison. Elle aima tout de suite ces grandes pièces meublées simplement de meubles provençaux travaillés avec amour. Lorsqu'ils eurent terminé le tour du propriétaire, il lui dit :

— Pour être admise dans le pays, il faut absolument que tu plaises à une personne, c'est Mathilde, la femme d'Aristide qui t'a montré le chemin. Mais ne t'en fais pas, ajouta-t-il en souriant, elle va t'adorer. Nous allons passer la voir et peut-être qu'elle nous invitera à déjeuner. Cet après-midi, nous irons dire bonjour à Paul et ainsi, tu connaîtras tout mon univers.

Cela sentait toujours aussi bon dans la cuisine de Mathilde qui avait acheté un loup qu'elle s'apprêtait à faire cuire en papillotte. Elle laissa tomber le poisson dans l'évier quand elle les aperçut, se rinça soigneusement les mains. Toute joyeuse, elle vint à leur rencontre.

— Alors, mon petit, c'est elle, hein? dit Mathilde en désignant Claire du menton.

— C'est elle, oui.

— Et dire que tu te morfondais comme un fada à ne pas te décider! Ah, que vous êtes belle mademoiselle. Vous le rendrez heureux, dites?

Claire rougit. Tout était si soudain, si précipité qu'elle en avait la tête qui tournait.

— Je vais faire mon possible, madame...

— Appelle-moi Mathilde et moi je vais t'appeler Claire et te tutoyer. Quand je vois que grâce à toi, le regard de mon Arnaud a changé du tout au tout depuis ce matin...

Elle retourna vers sa table de travail.

— Bon, laissez-moi préparer mon loup, car vous restez déjeuner n'est-ce pas?

Ils acquiescèrent en souriant.

— Alors, allez prendre l'apéritif avec Aristide, grommela-t-elle. Je ne veux plus vous voir ici.

Claire paraissait légèrement soucieuse. Arnaud le remarqua.

— Qu'y a-t-il ma chérie?

— Je voudrais appeler ma mère à Bagnols-sur-Cèze, avoua-t-elle. Il y a longtemps que je ne lui ai pas donné de nouvelles et je voudrais lui annoncer ce qui nous arrive.

11

Les deux bambins jouaient dans les jambes du cheval qui les laissait faire paisiblement.

— Stéphanie, Maxime, appela une voix.

La petite fille, quatre ans, et le petit garçon, trois ans, firent la sourde oreille. Ils continuaient à tarabuster le vieil Ulysse qui les faisait rouler en les poussant avec les naseaux.

Une jeune femme sortit de la maison et vint dans le soleil. Elle était ravissante. Un simple corsage blanc jeté sur un pantalon de gardian, un foulard noué dans ses longs cheveux. Elle courut vers ses enfants.

— Je vais vous apprendre à obéir, gronda-t-elle pour rire.

Elle en prit un sous chaque bras et les fit rentrer dans la grande pièce.

— Venez faire votre toilette.

Elle regarda ses enfants se battre avec leurs brosses à dents.

Cinq ans déjà s'étaient écoulés, cinq ans qui avaient passé comme un rêve depuis le jour où, prenant son courage à deux mains, elle était venue frapper à la porte des Cyclades sans savoir l'accueil qu'elle y recevrait. Elle se souvenait comme si c'était hier de la grande silhouette qui avait surgi derrière elle en prononçant son prénom : Claire.

Puis, tout était allé très vite. Le coup de téléphone à Majou pour lui dire la bonne nouvelle. Majou qui pleurait de joie en apprenant que sa fille connaissait enfin le bonheur. Sa première nuit aux Cyclades dans la chambre du père d'Arnaud tandis que ce dernier allait se réfugier dans son établi. La chaude amitié qui, tout de suite, l'avait entourée : celle de Mathilde et d'Aristide, celle de Paul aussi, le fidèle ami de toujours.

Quelques jours plus tard, ils avaient pris la Range Rover. Direction, Bagnols. Une Majou intriguée mais heureuse les attendait. Elle avait hâte de connaître enfin l'homme avec lequel Claire avait décidé de faire sa vie. Quinze jours plus tard, aux Saintes-Maries-de-la-Mer, c'était le mariage. Comme témoins, Claire avait choisie Lucette, l'amie des bons et des mauvais jours, et Michel, le mécanicien. Fièrement, Mathilde conduisait Arnaud à l'autel.

Pour leur voyage de noces, ils s'étaient embarqués sur un voilier. Grâce aux relations de Jeff, ils avaient trouvé à louer un DRAC de neuf mètres et ils étaient partis à l'aventure. Voyage-symbole : n'était-ce pas à bord du Grand Victor lancé sur la mer Caraïbe que leur amour s'était renforcé? Elle se souvenait de ses rêves, lorsqu'elle se trouvait à bord d'un bateau barré par Arnaud et qu'ils avançaient tous deux vers la Terre promise? Ce rêve s'était réalisé, de même que la prédiction de Maman Tounou.

Ils s'étaient réfugiés à Port-Cros, dans la plus jolie et la plus sauvage des îles d'Hyères, particulièrement déserte en cette période de l'année. L'air était déjà doux en ce printemps et ils décidèrent de rester quelques jours dans ce petit paradis avant de regagner les Cyclades. Mais Arnaud dut bientôt songer à rentrer à Paris.

— Où allons-nous vivre? demanda-t-il un soir à Claire.

Ils étaient assis devant un bon feu. Paul était venu dîner avec eux et avait à nouveau proposé à Arnaud de travailler avec lui.

La réponse jaillit.

— Ici.

— Mais mon métier...

— Ici, Arnaud, dit-elle avec force à son mari. Tout m'attache désormais à ce pays, à cette maison. C'est là que je veux vivre, c'est là qu'est désormais mon univers. Je ne me vois pas habitant dans un appartement à Paris, attendant tes retours de courriers. C'est ici que je veux m'enraciner, définitivement. Quant à ton métier...

Elle regarda son mari avec amour.

— Il y a la proposition de Paul qui est séduisante. Mais c'est à toi, et à toi seul de choisir, de décider. Jamais je ne t'empêcherai de faire ton métier de pilote puisque tu l'as choisi. Si tu décidais un jour de l'abandonner et de t'installer définitivement ici, je serai également heureuse. L'essentiel pour moi, vois-tu, c'est que tu fasses ce qui te convient.

Il la remercia d'une pression de la main.

— Simplement, ajouta-t-elle, c'est ici que je souhaite t'attendre et nulle part ailleurs.

Il l'avait approuvée et très vite, Claire s'était parfaitement adaptée à sa nouvelle vie. Pendant les longues absences d'Arnaud, elle s'occupait du jardin, décorait la maison et se rendait régulièrement chez Paul qui avait entrepris de lui apprendre à maîtriser les fougueux chevaux camarguais. Claire se révéla douée mais elle dut arrêter bientôt. Elle était enceinte.

Lorsque le médecin de Nîmes eut confirmé son état, la jeune femme fut folle de joie. Elle avait prétexté des courses importantes et Paul l'avait accompagnée. Mais elle garda encore son secret. Elle ne voulait le lever que pour son mari.

Arnaud revint le surlendemain et s'aperçut tout de suite que quelque chose avait changé. L'attitude de Claire n'était pas la même. C'est alors qu'il l'embrassait tendrement, tout à la joie de la retrouver, qu'elle lui apprit la nouvelle.

— Arnaud, mon chéri, je crois que la famille va s'agrandir.

Il mit une seconde à réaliser.

— Claire, c'est vrai? demanda-t-il doucement.

Elle fit un geste affirmatif.

Alors, il se mit à crier sa joie sous les yeux ébahis de Claire qui ne put s'empêcher d'éclater de rire en voyant son mari danser la gigue.

Puis, quand il fut calmé, il s'approcha d'elle cérémonieusement.

— Ce soir, dit-il avec gravité, nous allons organiser une fête en l'honneur du futur Degrave. Nous allons inviter tous nos amis des environs car il faut que tout le monde sache notre bonheur. Comme il faut que tu te ménages désormais, Paul, Mathilde et moi nous occuperons de tout. Tu n'as qu'à te laisser faire.

— Mais, protesta-t-elle en souriant, tu plaisantes, j'ai encore bien le temps.

— Pas question. Laisse donc faire la bonne Mathilde. Elle va être tellement contente qu'il ne faut surtout pas la priver de cette joie. Je cours la prévenir ainsi que Paul.

Il avait sellé Ulysse en quatrième vitesse et il était allé annoncer la nouvelle à ses amis. La longue tournée l'avait occupé toute la matinée. La fête avait été immense, ils avaient porté de nombreux toasts à la jeune femme et à l'enfant qu'elle portait et Claire avait été émue aux larmes devant ces preuves d'amitié qui lui étaient prodiguées. Le soir, quand ils furent à nouveau seuls tous les deux, il la prit doucement dans ses bras.

— Claire, ma chérie, mon amour, je ne te remercierai jamais assez de me donner autant de bonheur. Vois-tu, avant de te rencontrer, j'étais persuadé que ma vie était parfaitement organisée et bien remplie. En fait, elle était vide et sans objet. Grâce à toi, à ta présence, il n'en est plus rien. Tu m'as apporté tout ce dont un homme a besoin, l'amour, la joie, l'équilibre. Et maintenant, tu me donnes un enfant, notre enfant. Claire, cet enfant, comme je le chéris déjà !

Elle avait posé tendrement sa tête sur son épaule, ne sachant comment répondre tant l'émotion l'étreignait. Mais les mots étaient superflus tant la communion de ces deux êtres était totale.

Lorsque Stéphanie vint au monde, son père se trouvait à 12 000 mètres au-dessus de l'Atlantique et il venait d'atterrir à Tokyo lorsqu'un an plus tard, ce fut au tour du petit Maxime. En arrivant aux Cyclades quelques jours plus tard, Arnaud était à la fois penaud et fou de joie. Il lui sembla en approchant de la maison qu'Ulysse le boudait et c'est avec précaution qu'il pénétra dans la chambre à une heure très matinale. Allongée sur le lit, Claire dormait encore. Près d'elle, se trouvaient les deux berceaux. Celui de Stéphanie, déjà grande, qui sommeillait en suçant son pouce et celui de Maxime.

Attendri, il admira le tableau et regarda longuement son fils. Il comprit alors que sa décision était définitivement prise.

Il se retira sans faire de bruit, prit la voiture et se rendit aussitôt chez Paul. En le voyant arriver, ce dernier remarqua tout de suite que quelque chose n'allait pas.

— Alors, tu as vu le petit?

Arnaud fit un signe affirmatif.

— Et tu t'en veux de ne pas avoir été là?

Nouveau signe affirmatif.

— Et tu viens m'annoncer que tu laisses tomber?

— Exact, répondit Arnaud. Je n'aurai pas vu naître mes deux petits et je ne me le pardonnerai jamais. D'autre part, j'en ai assez de ne vivre avec Claire que quelques jours par mois parce que mon métier m'entraîne aux quatre coins du monde. Enfin, je veux être là pour l'aider à élever nos enfants. Alors, c'est décidé, je vais rester au pays. Vous avez tous gagné, ajouta-t-il en souriant.

— Et la compagnie?

— Je la préviendrai bientôt. Mais toi, Paul, tes propositions tiennent-elles toujours? As-tu toujours besoin de moi?

Son ami le regarda d'un air amusé.

— Pensais-tu donc que ce n'était pas sérieux? Bien sûr qu'elles tiennent toujours. Depuis le jour où je t'en ai parlé la première fois, je garde ta place au chaud car je savais bien que tu finirais par rester avec nous. On commence quand tu voudras.

Arnaud serra longuement la main de Paul avant de reprendre le chemin des Cyclades. Il était en train de plier son uniforme de commandant de bord et de le ranger dans une valise lorsqu'il fut surpris par Claire qui s'était éveillée entre-temps.

— Arnaud, que fais-tu?

Il la regarda tendrement dans les yeux.

— A partir d'aujourd'hui, je n'en n'aurai jamais plus besoin, dit-il simplement.

Folle de joie, elle bondit dans ses bras. Il lui parla doucement à l'oreille.

— J'ai été fou, dit-il, de croire que je pouvais continuer ainsi. Toi, seule aux Cyclades la plupart du temps, et moi toujours parti. C'en est fini désormais. Merci, ma chérie, de n'avoir rien dit pendant tout ce temps, d'avoir attendu patiemment. Je t'en aime davantage encore.

— Je t'avais dit, Arnaud, qu'il fallait que la décision vienne de toi, et de toi seul, répondit la jeune femme. Pour que tu n'aies pas de regrets. Aujourd'hui, tu me rends plus heureuse.

Il y avait déjà deux ans de cela. Deux ans de bonheur qui avaient filé comme dans un rêve. Elle pensait à tout cela en regardant les deux gamins qui s'étaient barbouillés de dentifrice et elle éclata de rire en voyant la grimace que faisait Maxime. Avec amour, elle entreprit de laver les deux petits visages qui ressemblaient tant au sien. Seul héritage de leur père, une chevelure noire, bien plantée.

On entendit le bruit d'une voiture.

— C'est papa, crièrent les petits en se bousculant pour atteindre la porte.

Elle les suivit dans le jardin. Ils couraient vers la voiture et se jetaient dans les bras d'Arnaud. Stéphanie réclamait à grands cris une promenade mais il les reposa doucement à terre.

— Ce sera pour plus tard, promit-il.

Il s'avança vers Claire et prit sa main pendant que les deux enfants jouaient dans le pré.

— Regarde-les, dit-il, regarde-les. Te souviens-tu qu'à Saint-Barthélemy tu prenais une petite fille dans tes bras?

— Oui, c'était la fille de Sylvie, murmura-t-elle. Elle s'appelait Marie.

— Ce jour-là, dit-il, j'ai vraiment su que je t'aimais.

Achevé d'imprimer en mai 1979
sur les presses de l'Imprimerie Bussière
à Saint-Amand (Cher)

— N° d'édit. 4058. — N° d'imp. 867. —
Dépôt légal : 2e trimestre 1979.
Printed in France

COLLECTION
TURQUOISE

Une femme. Un homme.
Un endroit de rêve.
Une belle histoire d'amour.

La collection Turquoise
vous fera aimer, pleurer, partir
et vivre des aventures et des passions
hors du commun.

IRÈNE WOLF

TEMPÊTE SUR LES CŒURS

Des dunes battues par le vent,
une mer en furie sous un ciel d'orage...
Anne, la sauvageonne est envoûtée
par la tempête.
Celle qui s'est abattue
sur cette plage de sable blanc.
et celle qui ravage son cœur,
depuis la rencontre de Pierre-Emmanuel,
un riche aristocrate
aux allures de play-boy.
Une étrange aventure
entre deux êtres que tout sépare,
sauf la passion...
Lorsque apparaît la mère
de Pierre-Emmanuel,
Anne comprend qu'il lui faudra lutter
ou se perdre à jamais...

ALIX LATOUR

MIRAGE A SAN FRANCISCO

Gratte-ciel reflétés
dans une baie prestigieuse,
immense pont rouge à l'orée du Pacifique :
San Francisco.
Sylvie se croit dans un conte oriental.
Un soir, un camarade la conduit
dans une somptueuse propriété
californienne, de l'autre côté de l'eau.
Elle y rencontre Ladislas,
un homme encore jeune
et terriblement séduisant...
Peut-elle se laisser porter par son rêve,
et ce prince polonais
a-t-il encore droit au bonheur?

NELLY

LA NUIT EST A NOUS

De Paris aux bords du lac Léman,
Bérénice cherche à oublier Francis...
Pourtant, l'aventure fait irruption
dans sa vie : fuyant la mort
qui la guette dans son pays,
une jeune princesse iranienne
lui demande protection.
Francis sera alors au rendez-vous et,
avec lui, Bérénice vivra en Iran
une aventure hors du commun
où se mêleront l'amour et le danger.